H U I

回家

之一 著

安徽文艺出版社
时代出版传媒股份有限公司

图书在版编目（CIP）数据

回家/之一著.—合肥：安徽文艺出版社，2022.10
ISBN 978-7-5396-7417-9

Ⅰ.①回… Ⅱ.①之… Ⅲ.①寓言－作品集－中国－当代 Ⅳ.①I277.4

中国版本图书馆 CIP 数据核字(2022)第 006503 号

出 版 人：姚 巍
责任编辑：胡 莉　　　　　　　　装帧设计：张诚鑫

出版发行：安徽文艺出版社　　www.awpub.com
地　　 址：合肥市翡翠路 1118 号　邮政编码：230071
营 销 部：(0551)63533889
印　　 制：合肥创新印务有限公司 (0551)64456946

开本：880×1230　1/32　印张：6.5　字数：125 千字
版次：2022 年 10 月第 1 版
印次：2022 年 10 月第 1 次印刷
定价：38.00 元

(如发现印装质量问题，影响阅读，请与出版社联系调换)
版权所有，侵权必究

目　录

序 / 001

上篇

一滴水珠 / 003

红锦鲤 / 012

小芳和小丽 / 022

绿色的火 / 030

重返草原 / 040

亲爱的 1548 / 050

越狱的羊 / 059

中篇

三个美德 / 071

雕塑村 / 079

更自然？/ 088

纯的创造 / 097

告别方迷宫 / 109

猪与象 / 119

下篇

九木 / 131

渔夫和岛 / 141

青石 / 149

翩翩 / 158

第三层 / 168

那城——理先生 / 183

那城——管家的日记 / 192

序

之一不敏,至中年始回家养心,偶有得,或有悔,便写些故事宣情。然而,他对写"故事"又有些疑虑,何故?其一,故事多涉梦,而涉梦者常以幻为真,易失了当下的鲜醒。其二,故事崇悲欢,喜跌宕,然嗜悲欢者少恬,溺跌宕者少静,少了恬静,何以养心?

花园静谧,春兰芳馨,而他则陷入了沉思……后来,他试着将故事先建构,再解构,看似竹篮打水,却旨在滤掉故事,存一个"理"。

然说理需有本。若无本,即便有故事、有知识、有逻辑,也如那不发光的灰色月亮,貌似皎洁,映日而已。遗憾的是,待文字已如江河奔流向海,他才恍然间发现:己尚无本,且本难骤立。

这可怎么办呢？

回家，务本呀。

可他不是早就回家了吗？

不，他还没有，因为，他真正的家是爱，而只有爱才是那个"理"的根本。

最后，深深地感激那些来源于爱、蕴含着爱，也启发了爱的知识。唯愿那爱明如春光，照彻寰宇；柔似春水，滋润大地。

之一

2021 年 5 月

上 篇

一滴水珠

大地，长河，一滴水珠闪烁。

他心怀美丽的梦想——他想晶莹纯洁，他想率先入海。然而，河至中游已浑，想要纯洁？谈何容易；且尽管他已熟读《中流》，也知晓中流之水迅疾，可他在边缘——河岸多折，芦花丛生？想要率先，他得飞奔。

于是，他累，心累，可他不愿息心。每一天，当那美丽的梦被晨曦照亮时，他就像充了电似的，在那深重辽远的河面上划出一线白光。看来，他已经忘了水是谦卑、柔和、顺遂、恬静的了，他甚至忘了——自己是水。

春分那天，河面豁然宽广，水珠直了直腰，隐隐地感到：海，不远了。

他忆起雪山、溪涧、瀑布、深潭以及那一路的孜孜,一曲激昂的歌在他心中响起:天无际,水无涯……他鼻子一酸,差点儿就要化作一滴泪了,但他说,那泪是快乐的泪,而"快"乐的泪必将率先入海,闪出晶莹的光彩。

是日薄暮,晚霞如画,水珠的胸一起一伏,似乎正深深呼吸着那海的气息,是呀,蔚蓝的大海是多么浩瀚啊。这时,他发现有一股黑色的水正迎面而来,"这是……?嗯,莫不是……"还没等他把话说完,一条逆流的鲐鱼已游至,一口将他吞下——世界沉入黑暗,脑海一片空白。

不知过了多长时间,他恍如从梦中惊醒,他喊道:"天哪,这算什么?"

但"天"无语,那条鱼却悠然作答:"哦,朋友,有什么办法呢?鱼需要水,而您是水。"

"可我有美丽的梦想。"

"有梦想又如何?都像您这样,我们鱼喝什么?"

"这……"水珠无言,一时哑然。

之后,是怨恨、焦虑、抗争、逃离,但他方法用尽,一切皆仿佛徒劳。不久,他力竭了,遂紧紧地蜷缩起来,恍惚间,他忆起《中流》那湛蓝的封面;黑暗中,他发出深长的叹息:"唉,这大河悠悠,有多少怀才的水珠呀也曾像我这般不遇？"

朋友，您看，这还是那个所谓的"才"呀，可这个"才"为什么总是学不会顺遂、恬静，且总是这般累人呢？

……就这样，不知过了多少个不分昼夜的时日，水珠终于定下心来，他开始了解新环境、结识新朋友，并埋头阅读有关鱼的书，而《鱼眼》一书中"鱼即是水"的观点给了他很大的启发："是啊，对于成功，各领域的标准其实并无不同，无非是目标、规则、方向和速度。好吧，从今天起，就努力地去那光明之所吧！"想到这儿，水珠重新振作起来，他心中恢复了梦想，步履也渐趋飞奔。

清明那天，晨，水珠忽觉眼前一亮，哦，是的，作为一滴完整的水珠，他终于抵达了鱼眼。与此同时，那条鱼也溯流而上回到山涧——溪澄澈，石斑斓，山谷静谧有林木滴翠，流水淙淙有碧草招摇。

重见光明，水珠欢快不已，他张望，他感激，有几个片刻他自觉生命已臻于圆满。然而，他的这份圆满可是很难维持的，因为，一个小圆总是会在不知不觉中变成一个稍大些的半圆。"接下来呢，接下来又该去哪儿呢？"他想，"总该有个新目标让我去追寻吧，可干些什么好呢？或者，我也可以去写本书？"这时，云层便低了，而那条鱼也感到有一只眼正泛起朦胧。

下午,当翡翠色的春雨洒落水面,水珠已开始构思他的《鱼眼2》了,至于书要写给谁,对谁有什么好处,以及为什么不是从无到有的《某某1》而是《某某2》,此时的他尚无暇细想。但不管怎样,激情需要维持,才华岂可虚掷?而他,就打算从葬身鱼腹——那激动人心的一刻写起:"是啊,不死不生,不破不立。"

谷雨那天,溪流欢唱,静谧的山谷回响着潺潺的水声。水珠想,再过几天他就要返航了,彼时,他将离开这片空翠,再次奔向那蔚蓝的海。想到这儿,他呵呵地笑了,似乎是对远大的前程充满了期待。不过,他也得抓紧时间了,为了能在返航前将《鱼眼2》出版,他这两天至少得把初稿写完。于是,他左手揉着酸胀的脖子,右手则拿起笔,开始在纸面上飞奔……

是的,他爱飞奔,因为只有飞奔了,他才能比别人更快,而"快"又恰好是那个"快乐"一词的组成部分。

可是,我亲爱的水珠,请问这个基于比较的"快",能够蕴生出那爱、美和创造的喜悦吗?

写了一会儿,他累了。他放下笔,敛着眉凝神,隐约中,他瞥见一片阔叶正从岸边的树上飘落,他想:春天才刚刚来临呢,怎么就有了落叶?而就在这时,那叶却开始变向、扬起,收翅、俯冲——

"哦,是苍鹭。"水珠惊呼,鲑鱼下潜,可一切还是晚了。只是刹那间,爪嵌入鱼脊,痛传遍鱼身,甚至也一道传给了水珠。紧接着,那鱼挣扎着、摆动着离开了水,犹如风卷残叶又飘回了那棵大树。

目瞪口呆——水珠看着自己连同自己的世界被一只大鸟吞下。

出生,死亡;死亡,出生……且看这一个又一个的角色。

当他再次醒来,不知又过了多长的时间,黑暗中,他喊道:"天哪,这算什么?"

但"天"无语,那只鸟却悠然作答:"哦,朋友,有什么办法呢?我需要鱼,而您在鱼里。"

"可我有美丽的梦想。"水珠喊出了他的名言。

"有梦想又如何?都像您这样,我们鸟吃什么?"

"这……"

之后,历史重演——怨恨、抗争、叹息、沉沦,直到他再次定下心来,开始适应新环境,结识新朋友,阅读有关鸟的书并受到《鸟瞰》一书的启发:"好吧,就去那光明之所吧,那里天高,那里地远。"

朋友,您看,挫折很多,命运多舛,而他想在每一个新角色中都追求成功,又有什么错呢?

错是没错,不过,他总不能因此就忘了自己是一滴水,甚至还自以为是一团火吧?

……就这样,又过了一些日子,他终于抵达了鸟眼。大地苍茫,山峦起伏,绿色峡谷里的那条清溪就仿佛是一条闪光的丝带。于是,那曲感人的歌又在他心中涌起了,而他则不知是被这天地的美还是被自己奋斗的美感动得哭了。是啊,他爱这飞翔的节奏,更爱这鸟瞰的视野,他想:事变则备变,从今天起,就去写那部《鸟瞰2》吧。

咦?怎么又是去写书?

哦,朋友,写书只是个比喻啦。您看,咱们每个人不都在书写着自己的人生吗?

可他为什么总是写"2"呢?

哦,忘失生命,认同角色,而一个角色除了会按照剧本表演外,又怎么能写出基于生命的"1"呢?

秋分那天,苍鹭高飞,漫山的深绿中点缀着几处枫林的红,而极远处,那条地平线微微地弯曲着,泛出一抹神秘的蓝光……不由自主地,水珠叹道:"啊,这寂寥的宇宙,为什么会奇迹般地有着这样一颗美丽的星球?"

是呀,这蓝绿相间的美丽星球啊,因为有水才有了生命,也正因为如此,那水,那谦卑、柔和、顺遂、恬静的水,才是这生命的底蕴。不过,水珠此刻可顾不上去想这些,他匆匆地从秋景中收回目光,开始润色《鸟瞰2》的结局。然而,在下午4点40分28秒,啪的一声清响钻进了他的凝思,与此同时,那只鸟也猛地向上一震,发出了一声尖厉的鸣叫。

"不好,难道是中枪了?"他问。

但此刻还有谁来回应?

之后,是自由落体,其间,那鸟痉挛、抽搐、松弛,然后坠地了,再后,是沉寂——辽阔,漫长,失语。

……沉寂中,一位猎人走来,猎人笑呵呵地拾起鸟,恰巧就与刚惊醒的水珠相对视,水珠忙说:"初次见面,请多关照。麻烦您……"可让他感到纳闷的是,猎人竟对他视若无睹,也似乎完全听不见他的声音。这时,他却听见那猎人说:"明天就要进城啦,这最后一次打猎,还好打中了只大鸟。"这下,水珠是真急了:"什么?最后一次?凭什么就打到我?还有,我的《鸟瞰2》怎么办?我的梦怎么办?天哪,救我!"

但"天"依然无语,不过此时,一片红叶恰巧从天而降,那红叶看了一眼水珠,却只是嫣然一笑,便又继续舞着、旋着、飘落了……

黄昏,篝火,那鸟被架在火上。

水珠流着泪,感到身体越来越热……恍惚间,他忆起《中流》《鱼眼》《鸟瞰》等一系列名著以及自己的那些紧随其后却尚未完成的"创作"。是啊,"才华""创作",那个认同"才华"的思想是多么渴望着"创作"啊!

可是,我亲爱的水珠,难道模仿他人而成为"某某2"就是你所谓的创作吗?

夜幕已经降临,所有的形象都正在这如水的静夜中消隐,而水珠呢则是如此伤心,以至这一次,他还真就化成了一滴泪水。

森林很大,树木很多,那轮明月借着分身术,正悬在每一棵树的树梢上,微笑。

群山静谧,月光皎洁。

水珠感到自己已离开了那鸟,身体变得越来越轻,也越来越稀薄——有些部分仍在升腾,有些部分则升起来后已开始洒落了……头一次,他不再紧缩成那坚硬的一滴了,也不再与事实抗争。空间显现,觉知升起,他的内在有了空明。是的,他弥散开了——在树叶上,在石头上,在缓缓移动的蜗牛壳上,在那清旷皎洁的月色里……

起初,他还试图再次去抓住某个角色,好重新奔向他的《林间之露2》或其他的《某某2》,可他终于还是懂得放手了,什么也不是,什么也无须模仿,只是欣然地融入这大自然的循环……

那么，请问，他还在吗？

当然，他在。事实上，穿越了角色，生命才能前所未有地存在。

可既然他在，那究竟又发生了什么？

好像也没什么，只不过是他不再奔向非我，而是转身回家，做了自己。

回家，做了自己？

是的，他忆起来了——自己是水，是那谦卑、柔和、顺遂、恬静的水。

冬至日，群山积了白雪，晶莹的世界哼着一曲怡然的歌。

"您看，溪水都冻了呀。"她说。

"哦，春已来了。"他说。

"呵呵，春还远着呢。"

"不，无关时间，爱即是春。"

红　锦　鲤

那小城的人称湖为海，且因这湖绿如玛瑙，故被称为"瑙海"。

小姑娘家靠近湖边，若倚窗，便可见棵棵岸柳如一抹浅绿的轻霭。

小姑娘六岁时，爸爸送给她一条锦鲤——红红的身子，黑亮的眼睛，头颈处还生着朵玉兰般的白点。白天，爸爸妈妈去上班，小姑娘爱倚窗听奶奶讲故事。窗边木桌上，摆着个圆形的玻璃鱼缸。鱼缸里，那条红锦鲤一面也在听，一面则在那片晶莹透亮中一来一去，闪着宝石般的红光。

那天上午，故事有一点儿凄婉，故事的结局是这样的：水很深，淘气的小花猫竟被淹死了。

小姑娘听完很伤心，她贴近奶奶，摇着奶奶的胳膊说："不嘛，小花猫会游泳，就像咱家的红锦鲤一样嘛。"奶奶要去做午饭,她站起身,顽皮地做了个鬼脸,然后说:"要是水太深,别说是小花猫,就是咱家的红锦鲤呀没准儿也会被淹死。"

小姑娘被奶奶的幽默逗乐了,她笑着松开奶奶的胳膊,心中的凄婉亦随之释然。之后,她也想表现一下幽默,便故意噘起小嘴,伸出那胖嘟嘟的小指头指着鱼说:"听见没?红锦鲤,幸好呀我们家的鱼缸水浅。"

事情就这么过去了,小姑娘和奶奶还是一如既往地听故事、讲故事,日子过得温馨而又恬静。哪知道说者无心,听者有意,这红锦鲤却起了一些变化。

哦?什么变化呢?

唉,这"水深""淹死",那一缕忧虑的感觉呀就如同心中凝了一片乌云。

后来,小姑娘上学了,她白天在学校,放学回家也有功课。她不再缠着奶奶讲故事了,也很少再花时间看鱼。红锦鲤就有些无聊,无聊且又无人欣赏,她便时常没精打采。于是,一个星期天的上午,经小姑娘同意,爸爸索性将红锦鲤放进了湖里。

说不清是开心还是恐惧,红锦鲤倒是挺兴奋的,她用力地一甩尾巴,向着那辽阔的绿游去。晨光温暖,湖水明净,她那微微露出水面的背鳍则划出一个又一个的涟漪。

"璃海真美，"她想，"而自己呢则不仅美，而且还聪明，又知道这么多的故事和这么多的道理，总该有个更美好的未来吧。"

可是，我亲爱的红锦鲤呀，你知道什么是美吗？你又为什么要用到那个"更"字呢？

这时，水下浮上来一群草鱼，他们身形修长，动作灵敏，有几条还一边围着她转一边啧啧地赞叹："咦，真红。哦，真美。"而为首的那条则开口道："喂，朋友，您是新来的吧？在这湖里，我可没见过像您这么红的鱼咧。"

红锦鲤心里挺美，眼前遂现出在主人家时的情景——每当有人夸小姑娘时，小姑娘总是会放下手中的事，开心地说"真的吗"，于是，她也放慢了速度，然后有样学样地说"真的吗"。

"真的，真的。"群鱼纷纷点头，湖面上遂漾起了一片喧闹的波纹。

待水波渐渐平静，红锦鲤道："说真的，我的品种的确是挺珍贵的，主人是出了高价才将我买回家的。之后，老奶奶还教育了我一年才又将我放归了自然。"

"教育？什么教育呢？"群鱼都有些疑惑。

"哦，主要是听故事，听好多好多的故事。你们知道吗？

故事里不仅有许多知识，还有着深刻的哲理。"说到这儿，她微微一笑，继而又环视了一眼群鱼，那样子就仿佛是在等待一阵悦耳的掌声，可群鱼呢却都哈哈大笑起来，就好像她刚才只是讲了一个笑话。

她有些不悦，正想着该如何去回应，而为首的那条草鱼却一摆身子逼近了她，并用一种略带质疑的口吻说："别人的故事非您所经历，别人的智慧也非您所体悟，一天到晚地听故事能有什么用？况且，又有多少故事是真的？或是醒来的人在醒时讲的？"

您看，红锦鲤本来就不喜欢无知者（哦，对了，她为什么会将对方视为无知者呢？），也不喜欢无知者狡辩，更不喜欢无知者竟敢质疑她博学的奶奶，于是，生气的理由已相当充分，她的鳔也就理所当然地鼓胀了起来。随后，她瞥了一眼那群灰不溜秋的草鱼，猛地一扭身子，定住了。可那群草鱼呢，却丝毫没有停下来哄她的意思，他们依旧开开心心，一条又一条地都从她的身边游走了。

一阵微风拂来，浅绿色的岸柳婀娜起舞，深绿色的湖面波光粼粼。红锦鲤昂了昂头，优雅地转身，向着另一片水域游去……

接下来的几天，她绕湖一周，嗯，这瑙海真大，且湖心处还有些地方绿得发黑，显得很深。

每到水深处，她要么想"哎呀，水下真暗，在那些暗处我的红又有什么意义"，要么她就会想起奶奶的叮嘱，"要是水太深，就是咱家的红锦鲤呀没准儿也会被……"想到这儿，她就会感到心慌，她赶忙摆动身子，向着那水浅处游去……

天很蓝，水很绿，红锦鲤一面孑然散步，一面用她的背鳍划出那浅浅的涟漪——蓝绿色的涟漪便一圈一圈地漾开了，每一个圆圈都有一个红色的圆心。

渐渐地，渐渐地，她便习惯了做水平运动，且她坚信那个"红"和"沉潜"乃是一对天然的矛盾，是的，她很红，以至她既不愿去想什么是沉潜，也不知道该如何沉潜。

问题是，湖面上的水草很少，一连几天，她都以浮藻充饥。于是，她不由得想起了奶奶、小姑娘以及那个晶莹的鱼缸，发出了一声幽怨的叹息："唉，这外面的世界虽然辽阔，但没有鱼缸里温馨。"

这天午后，她正在水浅处散步，忽听岸上有个声音："哇，好漂亮的红鱼呀！"她扭头，见一个男孩一手拿着面包一手正在指她。她轻摇尾巴向那男孩示好，使那男孩越发开心。是啊，开心真好，开心的人才会真心地给予，您看，那个男孩笑着、叫着凑近了岸边,将一整个面包都丢进了水里……不多时,又来了几个小孩,他们也边夸她漂亮边给她抛来了各种美食,有饼干、香蕉片、薯片等等。

红锦鲤高兴极了,她边吃边想:凡事贵在坚持,只要你坚持献出美,总有一天你会得到回报的。

这时,那群草鱼不知从哪儿又冒了出来,他们也不和她打招呼抑或表达一下感激之情,一上来便迅捷地争抢。说实话,她有些恼了,心想:哼,要不是因为我对美的坚持,你们能吃得到这些美食吗?你们天天都待在水下,就好像见不得光似的,却、却还嘲笑别人。想到这儿,她故意不睬他们,但令她更生气的是那群草鱼也故意不睬她。后来,食物吃完了,那群草鱼便都机警地一抖尾巴,倏地一下,全沉入了湖底。

蓝天映入碧湖,一切又归于静谧。

但不管怎么说吧,如今的红锦鲤总算是能适应这湖面的生活了。饿了,她会靠近孩子,因为至少孩子们还喜欢着美,哪怕只是那外在的美,而她也总是能得到美食和赞扬。于是,渐渐地,她的身子变得舒展了,肤色也更加红润,这眼看着是越发美丽了。

茫茫瑙海,她独来独往。白天,当湖面洒满了阳光,她一边散步,一边也隐隐地感到这瑙海上似乎氤氲着一种不大真实的朦胧感;月夜,当湖面落满了清晖,她会想起奶奶以及某个精彩的故事,或者,她会昂起头,向着那迷离的远方眺望……

渐渐地,渐渐地,一些奇奇怪怪的念头便如水汽般从这片氤氲中升起了,比如,外在的红就是美吗?沉潜真的就那么可怕?这个瑙海究竟是外在的呢,还是内在的呢?我——红锦鲤,究竟是一条鱼、一个人,抑或只是一个浸染了骄傲和恐惧的思想呢?

显然,她此时还难以回答这些问题,因为思想其实很难真正地理解那些尚未显现的事实,不过,这些问题毕竟像是来自某个更深的层次,而思考它们也会给她那单调的生活带来些许欢愉。于是,她边散步边玩着这思考的游戏,自认为在这片二维的天地里过得也还算从容……

可是这两天,她有些烦:一只黑色的鱼鹰迁居到湖边,那只鹰眼尖、嘴尖且总想抓她;而令她尤其郁闷的是,尽管她低声下气、东躲西藏,那只鹰却总能轻易地发现她。无月的夜,她时常独自生闷气:"鹰,你为什么要抓我?你难道不知道我是这湖里最聪明最漂亮的鱼吗?为什么你不去抓那些草鱼?他们有很多很多,而我只有一条。"可一到白天,当那只鹰迅疾地飞临,她却一个词也想不起来了,她扭动、转向、加速,再扭动、转向、加速,气喘吁吁地躲避着一次又一次的袭击……

就这样，才过了几天她便累瘦了，身子不再舒展，连红皮肤也不再鲜艳了。唉，这倒不是她躲避那鹰要花多少力气，关键是她不服气呀——您想，为这小城献出了美，凭什么却落得这种境遇？

天依然很蓝，水依然很绿，可她的鳔却憋着一口恶气。

这天清晨，细雨蒙蒙，那只黑鹰立在树梢，冷冷地环视着这淋漓的世界。他想，雨天视线不佳，不如就专心地去捕那条锦鲤吧。

他一展翅，出发了，茫茫的天地间便现出了一道翻飞的墨痕。之后，他滑翔、寻觅、回笔，再滑翔、寻觅、回笔，才过了一会儿就发现了湖面上的那个红点儿。于是，他微微上扬，略作停顿，然后，俯冲下来——

红锦鲤也发现了鹰，生死时刻，她变得异常机敏。她判断鹰的速度，然后迅疾地转向、加速、急停，再转向、加速、急停，一次又一次她都凭水平运动躲过了来袭……

天地如画，水墨淋漓。

从上午到中午，从中午到下午，这条自以为聪明的红锦鲤呀就如同一支红色的笔，在那茫茫的"宣纸"上反复地画着折线……

然而，到了下午 4 点 10 分，她实在是游不动了，这时，一个奇怪的念头忽然从她的脑海中升起:"这鹰,也许根本就不是什么天敌吧?他……他就是此时此地的事实呀!而面对事实,这份无休止的逃避又有什么用呢?"于是,当那个"事实"再次上升、盘旋、落笔下来时,红锦鲤没有再逃避了。她睁大眼睛,谦卑而警醒,向着那个事实打开,与此同时,她的鳔也吐出了那口长长的恶气,嗯,或许是因为憋得太久了吧,这口气散发出各种各样的气味——骄傲,以及随着骄傲而来的怨恨、恐惧和焦虑。

那么,鹰呢?

鹰俯冲入水,击起浪花,而当浪花洒落,瑙海(脑海)再一次平静,那只鹰却奇怪地消失了。

那么,她呢?

她睁开了觉知的眼,静睹自己潜入湖底。湖底温馨、静谧,不远处,碧绿的水草在摇曳,灵动的群鱼在游戏。

那么,美呢?

哦,美。美可不是那"外在的红"(自我形象)和那"湖面上的二维运动"(逻辑思维),相反,只有谦卑如水才能深潜入心并与那真爱合一。是啊,真爱如水,水孕育了鱼(自我思想),又等待着鱼的回归。于是,碧水悠悠,思想停止,水成了她,而她成了水。

谦卑

深潜

沉入那存在的底

一扇寂静的门正温柔地开启

穿过它吧

去与那真爱合一

合一了,那红又有什么意义?

  终于,那个合一嫣然笑了,水面上遂沁出了一朵新的涟漪,哦,那是一种自内而外的涟漪,那涟漪是水的酒窝。

小芳和小丽

北回归线上,有座小城四季如春。

小城里,有片住宅小区用地狭长,故其绿化带也随之狭长。

这绿化带里的草木分两个层次,较矮的是吉祥草、蓝星花、毛杜鹃、翠芦莉……较高的则是12棵鸡蛋花。这12棵鸡蛋花自东向西排成一列,棵与棵相距了20多米,她们年龄相似,身高相仿,都有着疏朗的枝、青翠的叶、明艳的花,每一棵都是那样亭亭玉立、楚楚动人。

白天,小区地面上的人并不多,年轻人去工作了,学生们去上课了,几个老年人或聊天,或做操,或推着婴儿车遛自家的小孙子,一切都显得安静、从容。

有个大男孩比较特别,他好像独自一人住在小区里,且好像就在家里读书、写作，当然，他也可能是在从事其他的某种艺术创作。每天上午8:00—8:30以及下午5:00—5:30这两个时间段里，他都会沿着这条绿化带散步。他缓缓地走着，静静地看着；静静地看着，缓缓地走着……天地悠悠，万物有情，时间长了，他便和这些鸡蛋花成了朋友。

三月春光暖，雨过碧连天。

这天上午，出于某种连他自己也不甚了然的原因，他开始对这些花做起了比较，而有比较就有优劣，有优劣也就有了好恶之情。于是，他便最喜欢那东边的小芳和西边的小丽了，有时，趁着没人，他还会与她俩窃窃私语哩——在东边，他会跷起脚闻着花说："喜欢你，小芳，你在园中最香……不过，遗憾的是，你可没西边那棵粉红色的小丽美。"在西边，他会跷起脚看着花说："喜欢你，小丽，你在园中最美……不过，遗憾的是，你可没东边那棵白色的小芳香。"而在中间呢，尽管他偶尔也会驻足，可他总是说："哎呀，你们就是没什么特点，既不如人家小芳香，也不如人家小丽美。"

散完步，也评价完了，男孩便回家继续进行他的创作去了。他是回家了，却不知给这花的世界带来了多少麻烦。

本来，花皆怡然自足。白天，她们沐浴着阳光，欣欣然地进行着光合作用；夜里，她们敛入大地，静静地在根脉上栖息。她们不知道自己叫鸡蛋花,也不知道20多米开外就有一棵自己的同类。每天,哦,不,是每时每刻,她们都拥有着根、干、枝、叶、光、风、雨、露,她们的心魂是如此自足,又怎么会离开自己,跑到外面去和别人比较呢?

而现在,她们却都迷上了这个男孩,可不是吗?整个小区除了一个老园丁半年才来剪一次枝,只有这个男孩每天都会温柔地看她们,与她们说话,还会轻轻地抚摸她们的花枝,这时间长了,谁能不生出浓浓的依恋?而有了依恋,谁又能再轻视他的评价呢?

那么,请问,在这不恰当的评价和这不成熟的依恋之间,究竟谁才是那个迷惘的开端呢?

这时,有人便说了:"没有评价?那怎么能行!树还会枝繁叶茂吗?花还会万紫千红吗?因此,不管评价是否恰当,您总得先有吧。"

好吧,这位"有人",既然您已如此肯定,那自然是按您说的去办喽。

于是,这评价的威力便渐渐显现,首先是中间的那些花开始观察小芳和小丽,她们建构了他人的形象,也随之建构了自我形象。接着,她们互相串门,并就小芳、小丽和自己反复地比较,时而语气平和,时而态度激烈,而若是触及了自我形象,那生气和脸红也是常有的事。

此外，她们还时常去东边闻闻小芳或去西边看看小丽，到了后来就更乱了，靠西的几棵爱去小芳那儿嘀咕，靠东的几棵却恰恰相反。

一开始，小芳和小丽还算淡然，因为既然男孩已喜欢自己了，那还有什么好烦恼的？可是后来，也不知是为什么，她俩也都起了些变化——忐忑？焦虑？反正就是觉得生活不再像从前那么单纯了。

每一次，当男孩缓缓地走来，她俩都会有些紧张，世界不再因那单纯的爱而涌出那单纯的喜悦了，头脑中似乎总掺着些杂音。现在，她俩一听到男孩说"不过，遗憾的是"，便慌忙去捂耳朵——是啊，要是他只看我、只闻我而不去绿化带的另一端，那该多好呀。

南国的六月绿意葱茏，一场夜雨过后，世界一片润泽，而小芳和小丽呢则几乎同时下定了决心："取长补短，全面发展。"于是，白天她们努力着，尽管有些枝还很细很细却要努力地伸长；夜里她们努力着，尽管有些根还很细很细却要努力地伸远……是啊，为了能多吸收一点儿阳光和水分，这也是不得已的事呀。

当然，出于矜持，她俩都克制了自己的好奇心而没有外出去侦察对手，可每当别的花来访，她俩又都把耳朵竖得高高的，好不错过任何一条有关对方的信息。

这样，挺苦。可她俩却一致认为这种以争为美、以苦为乐的生活应该就是进化的方向，随之，那份怡然自足的喜悦便渐渐地消失了，取而代之的是一种被她们称为"奋斗"的快乐，就好像只有奋斗了，你才能为大自然释放更多也更纯净的氧气似的。至于顺遂、恬静、天真、自然嘛，哦，现在她俩都会噘起小嘴说："不，那些都是失败者掩饰平庸的借口。"

就这样，日子一天天过去了。

九月底，风已经微凉，可那些鸡蛋花呢却仍在那里摩拳擦掌——如今，这小芳觉得自己不仅最香，而且白里透红，明显也最美；这小丽觉得自己不仅最美，而且芬芳逼人，明显也最香；其他的花呢，则因为她俩的"全面优秀"而感到一种前所未有的压力，也纷纷在那里使劲。

天悠悠兮地悠悠，山悠悠兮水悠悠，可这些花呢却为了一些不恰当的评价而在挣扎。看来，她们是忘了自觉、自爱了，也忘了美乃是自内而外的喜悦。她们忙着依外在的标准来改变自己，也忙着通过占有来胜过他人，以致思维混乱、精神紧张，枝叶忘了光合作用，根脉忘了吸收水分，心魂也就随之忘了那份怡然自乐。

这天下午，天有些阴沉，仿佛是忽然之间，男孩发现那些花都有些怪怪的，他问："小芳，你病了吗？为什么色彩不鲜艳了，连香气都没之前的纯净了？""小丽，你病了吗？为什么花气不香了，连色彩也没之前的鲜亮了？""喂，你们、你们这都是怎么了？"之后，他一面叹息着，一面又揉着他那酸胀的脖子，回家了……

是啊，他也不容易——市场、学术、传统、创新、观念、技巧、流行、永恒……这评价的标准是如此纷乱，要想再创作出天真、自然的美来，也的确不大容易。

是日傍晚，起了风，听着窗外风吹草木的沙沙声，男孩独坐凝神……

风越刮越大，小芳、小丽以及其他的那些鸡蛋花全都被吹倒了，枯枝、败叶、落蕊漫天飞舞，而他则哭了。

哭……他一直在哭，可他究竟是为了谁才这样伤心地痛哭呢？

正哭着，妈妈缓缓地走来，她轻抚男孩的肩，温柔地说："孩子，你还好吗？"

"妈妈，花都死了。"男孩哽咽着说。

"可花只是镜子，你照镜子是看你自己。"

"看我自己？那我做错了什么？"

"比较呀，用你那偏执的标准。孩子，你还记得吗？你边散步边欣赏花木，那多好。可你为什么要去比较呢？是比较已成了习惯，还是你的心不够圆满，因此总想着用比较去胜过事实？孩子，那生命之美是自内而外绽放的呀，它怎么能模仿、装点那些不属于自己的东西呢？"

男孩点了点头，含泪望向妈妈，忽然，他意识到妈妈在多年前就已经去世了，便有点儿惊讶地问："妈妈，我好想您呀，这些年您都去哪儿了？"

妈妈静静地看着他，轻声地说："妈妈一直都在你的心里呀，看着你长高，看着你长大，还要看着你像花一样地绽放呢。只是，你天天都忙着那所谓的创作，沉迷于各种比较，纠结于各种标准，所以，你才没能从头脑返回内心进而发现妈妈的存在呀。"

这时，窗外的风已悄然停息，月光如水，万籁俱寂。男孩擦干眼泪，低声地说："妈妈，我知道错了，请您原谅我吧！也请您永远地留在我的心中。"

妈妈点了点头，微笑着说："好孩子，妈妈只是那爱的象征呀，且只在孩子年幼时才显得重要。有一天，当你发现自己的生命原本自足，你不挑剔、不拣择、不贪求、不期待，到那时，你将会成为那爱本身，而妈妈的形象也就会融入那纯粹的爱中了。"

"妈妈，我似乎明白了，可那些花、那些花又该怎么办呢?"

"好孩子,那些花只是镜子。通过镜子,看你自己。"

……

第二天一早,他走出家门,天空已被泪水洗净,太阳正从东方升起。

他在小区静静地走着,整个世界一片晶莹,而就在这片晶莹中,那生命正一点一滴地苏醒。是啊,那生命就像一幅神奇的画——它既是笔也是纸,既是图也是底。此刻,它正手握觉知的画笔,自由地画着那辽阔的世界。于是,那头顶的蓝天似乎正在升高,且越来越高,高得无边无际;那身边的绿化带似乎正在伸远,且越来越远,远得竟绕过了地球,画出一条完整的北回归线,而就在这条拥抱着世界的北回归线上,那12棵鸡蛋花依然呈现着她们疏朗的枝、青翠的叶、明艳的花,散发出清新的芳香,绽放出天真的美丽。

绿色的火

光,是金色的

水,是蓝色的

一遍遍,光照彻水

有光,无光,有光,无光……只是明暗

忽然,那爱笑了

水拥住了光

生命,那绿色生命

从此诞生

郊外有座神殿。那殿木构、圆形,直径只有4米多,可它门前的那棵大树却遮天蔽日,树冠的直径足足有30多米,嗯,似乎恰巧是那殿的7倍。

蓝天无际,碧草无边,那氧、那绿、那活泼泼的静谧便顺着那树展开的枝漾开、漾远……

后来，城市发展了，街道和楼房如银色的水一般涌来，波涛滚滚，漫无涯涘。所幸的是，那殿和树均被保留了，且围以镂空的墙，做了环岛，而那银色的水呢则绕过环岛，又向着那远方的绿漫去……

于是，有人说：地上有水，水中有岛，岛上有一团绿色的火。

公元3500年4月1日，恰是那殿五千岁的生日，可是人们忘了，一整天，那殿里的神也没见到一个人影。傍晚时，他从神坛上下来，黯然地走出神殿，他向前走了两步，复转身回望那殿门上方的匾额——暮色渐深，"人文学殿"那四个深蓝的大字正在那深蓝的暮色中消融。

他走下台阶，独自在清冷的院子里散步。不由得，他想起了往日的辉煌——原野上，人们风尘仆仆，踏青而来；殿外，多少人对这棵大树生起了虔敬："啊，多么神奇的生命！"而殿内，红烛闪烁，香烟缭绕，贡桌上还摆满了香甜的苹果……

"可是如今呢，人们都很忙，也都盼着去往火星了，谁还记得来看望这棵……哦，不，是还记得来看望我呢？看来，也只有这棵老树陪我喽。"想到这儿，他深情地望了一眼大树——夜色靛蓝，那棵树巨大的剪影就仿佛是一座飘浮的黑山。

此时,街上的车已不多了,那棵树也收敛身心,准备息心、养神。

咦?等一下,您说养什么?

养神呀。

养神?怎么这棵树里也有一个神?难道说这个小院竟住着两个不同的神?

这个嘛,先不急着回答,您看,人家这位殿里的神正在忙着思索呢。是的,今晚的确是有些特别,而他也就显得特别寂寞。他沉着脸,一动不动地立在院子中思索。当然,他爱思索也擅长思索,或者说,他的职责就是思索。

这样过了一会儿,他果然想到了什么,他的眉头渐渐地舒展开,嘴角也漾出了一缕笑容。接着,他走进殿内,从自己的木制雕像上抠下了一只眼、一只耳和半张嘴,复转身回到树下。

他开始念咒:"呲呲呲、响响响、哒哒哒,呲呲呲、响响响、哒哒哒……"只见那眼、耳、嘴皆似蝶一般飞将起来,闪着白光,翩翩起舞,就绕着他转起了圈来,一圈、两圈、三圈……之后,它们越飞越高,飞过头顶,飞过檐口,飞进了那茂密的树冠中,竟然就都长到了那棵树的身上。

一阵晚风拂来,树打了一个寒战——哦,是的,仿佛是第一次，他看见了，看见了那浩瀚的夜空。夜空中，有月亮、火星和眨着眼的飞机；往下看，万家灯火无边无际，宛似银河已然落地。哦，是的，仿佛是第一次，他听见了，听见了那万籁。街道上，有各种马达声、喇叭声以及车轮与路面的摩擦声；高楼上，有各种人声和宠物的叫声，或远或近，此起彼伏……

是呀，这个充满了声音和形象的世界是多么神奇啊！

过了一会儿，他发现身边还有一座神殿，殿前有个人正对着自己说话："树，你终于缓过神来了。我，就是这殿里的神，也算是你的老朋友了。今晚，我将自己的眼、耳、嘴各匀了一半给你，希望你也能早日变得博学，咱俩好相互切磋，相互排解寂寞。"

树有点儿恍惚，他隐约觉得这眼、耳、嘴本来就是自己的，甚至连这神身上剩下的那一半也是自己的，不过，看到人家这么肯定，他也只好信以为真了。于是，仿佛是第一次，他张开了那半张嘴，瓮声瓮气地说："尊敬的恩人和老师，谢谢您。"

"不客气。"那神笑着说，而此时，一轮明月正闪着那借来的光，显得格外皎洁。

时间不早了，那神在殿前的台阶上坐下来，他清了清嗓子，开始给树上课了。嗯，他懂的可真多，或者说是他记得

绿色的火　　033

的真多,宗教、哲学、文学、艺术,或者说是宗教史、哲学史、文学史、艺术史,他居然样样精通。

一开始,树的注意力还有点儿不大集中,他会分神去听自己的叶在风中哗哗啦啦地唱歌,自己的根在土里窸窸窣窣地低吟,但渐渐地,渐渐地,他收回了那些切身的觉知而被这深奥的学问完全地吸引了。是的,他是如此着迷,以至心无旁骛,在不知不觉中竟然听课听了整整一夜。

黎明时,下课了,树激动地说:"老师,您可真是太渊博了!您怎么会知道那么多别的树?"

那神却淡淡地说:"这算什么?森林很大,树木很多,而我刚才讲的不过也就是九牛一毛。"说罢,他站起身,打了一个长长的哈欠,之后便告辞了树,回殿里去休息了。

树呢,看着城市渐渐清晰的轮廓,听着城市渐渐喧嚣的繁华,想着和老师的巨大差距,不禁叹道:"世界可真大。"

初升的太阳有张红红的脸,它在高楼的缝隙间玩着藏猫猫,并在街道上画下深蓝的阴影。待到它全然跃到空中,已是金光四射,让人难以直视,而这时的你也会再次忘了它的存在,却忙着浏览被它照亮的种种——建筑千姿百态,街巷纵横交错……于是,一整个上午,树都在津津有味地看着,孜孜不倦地学着。

中午,他有点儿困,但他揉了揉眼睛,继续兴致勃勃地观察大街上的汽车,嗯,有各种形状、各种尺寸、各种品牌、各种款式……之后,他又竖了竖耳朵,哦,原来每辆车发出的声音都不尽相同呢。

下午,他留意到几只小鸟,她们一会儿飞走,一会儿又飞入自己的怀中,还总是叽叽喳喳地叫个不停。他努力地去听,竟然就听懂了,看来,这些小家伙懂的也不少呀——哪里修地铁,哪里盖高楼,哪里有火警,哪里又出了交通事故……

黄昏,当夕阳在西边的高楼间又玩着藏猫猫时,树感到非常疲惫,可奇怪的是,他同时又处在一种崭新的快乐之中。是的,虽然他已相当年迈,甚至比那殿里的神还要年迈,可他却感到自己才刚刚被一团新火点燃。当然,这团新火看起来好像也挺美,只不过它的颜色不是绿的。

当夜幕再次降临时,那神睡足了,他走出神殿,在殿前伸了一下懒腰,便在台阶上坐下来,开始给树上课了。树很困,但他不知道该如何拒绝这位热心的老师,况且,他的那团新火似乎也需要添柴。

当晚,课堂变得有趣多了,树的理解力有了显著的提高。他会点头、赞赏,还会分享自己的所见所闻以及刚从鸟那儿听来的信息,而对这些信息,就连那神也觉得蛮新鲜的。

"你的进步很快嘛。"那神夸奖道。

"您过奖了,和您几千年的记忆相比,我还差得远呢。

不过，我倒是一直都在废寝忘食地学习。"树谦虚地说。

"你个子大，脑容量也大，记东西应该很快的。"那神说。

"谢谢您的鼓励，我会再接再厉的。"树有点儿害羞地说。

夜，像大海一样深邃。

在那片洒满了月光的海面上，一个孜孜地讲述，一个努力地记忆。

世界很大，历史很长，那些浮在海面上的浪花又怎么可能数得完呢？

于是，转眼间，一个黑夜又悄然地过去，夜色隐退，又是一个黎明……

就这样，几个月便过去了，如今的树已有能力去探讨一些深刻的话题了，比如，"我思故我在""存在即合理""现象""解构""符号"等等，且树也自认为他已不再是那棵只知道光合作用的树了，而是一位博闻强识、思想丰富的（人文学）学者。

当然，他也发现"思想"和"觉知"很难并存，且无"觉"之"思"似乎又总少了一些氧、绿和那活泼泼的静谧，或者说是少了些爱、美以及那由内而外的喜悦。不过，他认为关键是要能得到前辈的认可，至于"觉"嘛，那毕竟只是艺术的事儿，况且，"觉"，又要如何去评价呢？

  时光缓缓地流逝，小院子里的谈话也变得越来越深奥了。夜色茫茫，那神虽能意识到树在知见（记忆细胞）上的增长，可他那剩下的一只眼和一只耳却很难发现树在身、心上的变化。

  说到心，首先是树多了些烦躁，他变得颇为严肃，似乎总有一种不大满足的焦虑感。此外，他对单纯的事也失去了兴趣，什么金色的光、蓝色的水，不，他得忙着记忆和思考。当然，想要凭着那些残留下来的文字和形象抓住某个昨日的浪潮，抑或想通过各种模仿（尽管有些模仿颇像创新）重塑某个昨日的浪花，哦，这对树而言，的确有些难度。

  不过，那神却总是鼓励他说："你要心静，只要你能坚持记忆，量变总是会促成质变的。"可是，围墙外飞驰的汽车既多且快，叫人怎么心静？好不容易到了晚上，对车灯的眩光你或许还可以眯上眼，对噪音你又该怎么办呢？你还能体验到那种静谧的喜悦吗？对了，还有那些鸟，不管你想听不想听，她们总叫，而对她们，你又该怎么办呢？

  至于身体上的变化嘛，哦，那就多了：长虫子、掉叶子、失眠、头痛、腰椎间盘突出等等，但最主要的应该说还是无法停止那纷乱的思考，一停下来便担心自己进步慢、水平低、成果少，于是心里就更加上火……唉，看起来是有点儿恶性循环。

绿色的火　　037

入了秋，风多且大。一个外地人隔着围墙窥见那棵树已枝干枯槁、片叶不存，他以为院子里发生过火灾，便向有关部门做了反映。

植物学家很快赶到，他携带着各种仪器，上上下下地检查了那树，然后宣布："首先，大约半年前吧，此树变得好高骛远，他不仅忘了光合作用，还流失了大量的水分；其次，此树的睡眠也有问题，因为他不仅脱发严重，且植物性神经相当紊乱；最后，一些本该向外伸展的枝却呈现出向内弯曲的姿态，就好像是人伸出了手要蒙住自己的眼、捂住自己的耳一样。综上，此树已为枯木朽株，生命实难挽回。"

此事上了该市的新闻，人们有的赞叹植物学家业务精湛，有的则说他拟人化的描述有点儿故弄玄虚，但总的来说，市民们都表示理解，也都显得很有涵养。

很快，树被砍了。

按照植物学家的建议，该树有七分之一被裁成木方并被整整齐齐地码在那座神殿的檐下，以备日后建筑维修使用。是的，那位植物学家相当敏锐，当初，他一进院子便惊奇地发现，这院子里的一切，包括神殿、殿里的神像以及那神像上残留的一只眼、一只耳和半张嘴竟然都取材于那棵大树。

如今，尘埃已落定，一件事也就这么过去了。其实，多数人都无暇去了解一棵树和自己能有什么关系，且近来市民们都盼着能早点儿移居火星，谁还会在意这地上的一棵树呢？

那神却很伤心，显然，火星上是不会再有他的一席之地了，而在这里，他的知音已经离去，还带走了那氧、绿和活泼泼的静谧，哦，也就是爱、美以及那自内而外的喜悦。

可是，我亲爱的朋友啊，倘若没有爱、美和那自内而外的喜悦，那么当初谁会去建这个殿？而现在，这个殿又有什么意义？

月夜，他在空荡荡的院子中伫立。透过那镂空的围墙，不时有车灯在一闪、一闪、一闪……不知怎的，他忽然想起那树最后的话——痴，也就是知病了，不禁悲涌心头，竟像一个孩子似的哭了起来……

于是有人说：一团绿色的火熄灭了，而忏悔的泪则淹没了那岛。

朋友，您说，一个被泪水浸泡的树桩还能再长出绿色的新芽吗？

重返草原

光灿烂，水湛然，绿色的草原是生命的摇篮。

故事的主角是条"黑狗"，说是"黑"狗，却只有背部为深色，其面、胸、腹、前后肢等皆为白色，不过，既然主人乐意这么唤他，他也就只好欢欢喜喜地接受了。

主人是对老年丁克夫妇。白天，老爷爷在书房里读书，他便学了不少知识；傍晚，老奶奶在客厅里看电视，他便看了不少故事。他懂事、博学，大眼睛里常闪着善解人意的光。主人欣欣然，他会摇尾巴；主人凄凄然，他会流眼泪。您说，像这样的狗谁会不喜欢？于是，老两口非常爱他，逢人便骄傲地说："我家的黑狗呀，最聪明！"

可是天有不测风云，一场瘟疫席卷了城市，两位主人均染上了。他们虽努力地与病魔抗争，但最终还是都遗憾地走了。黑狗很伤心,从备受疼爱到孤苦伶仃,这心理的反差呀,是可想而知的。一连几天,他对着苍天哀号,俯向大地哭泣,在一番肝肠寸断之后,他成了一条流浪狗。

起初,他在邻居家门前徘徊,盼着邻居能收养他,因为邻居曾亲口对主人说"黑狗最聪明"。可如今主人刚走,邻居却忽然变了,唉,他们显然认为自家的白狗更聪明,还总是用别样的眼光瞥他,就好像他已不是一条狗了,而是那讨厌的病毒。于是,他不愿在先前的那条街待了,他跑到另外一个街区,加入了那里的流浪狗组织。

那片新街区呈"喀斯特地貌",高楼如山,街巷如谷,偶从一线天掠过的飞机则仿佛是那傲然的雄鹰。在一条狭窄而偏僻的"山谷"中,这群流浪狗同甘共苦、相濡以沫,他们一同睡觉,一同觅食,还一同分享着彼此的故事,而直到这时,黑狗才惊讶地发现:原来,每条狗都认为自己的主人最伟大,自己的知识最深奥,自己的故事最感人。

可是,您要如何才能证明自己才是"最……"的呢?

当然,最有效的方法是"比",且因这"比"又恰好是由两个匕首的"匕"所组成,所以,在那条洒满了蓝色阴影的"山谷"中,黑狗一面要为啃骨头而拼搏,一面又要为证明自己而战斗。

日出,日落;月缺,月圆……渐渐地,"比"成了习惯,习惯又成了自然,而就在黑狗变得日益骄横之时,一天下午,他偶然间见到了一张草原的照片——哎呀,天空湛蓝,芳草碧绿,一条五彩的河在其间蜿蜒,整个世界都回响着一曲空灵而深婉的歌。

外即是内,境源自心,他想:为什么,为什么我就不能离开这儿,回到草原,去过一种自立、自在且怡然自乐的生活呢?是啊,草原原本就是他的家,只不过那已是几万年前的事喽。

灯火阑珊,一夜无眠。

第二天一早,憧憬着那绿色的未来,他出发了。

他跑着,晨光温暖;他跑着,身轻如燕;他跑着,如游子载歌奔向家园;他跑着,恍惚间竟觉得那绿并不在远方,而是若隐若现,就在眼前……于是,他放松下来,半眯着双眼,城市的轮廓渐渐远去,他颔首低眉回到草原——哎呀,天空湛蓝,芳草碧绿,一条五彩的河在其间蜿蜒,整个世界都回响着一曲空灵而深婉的歌。

"草原真美,"他想,"那我之前怎么就不知道来呢?"

一群狼立在草坡上,一个个威风凛凛。他们打着一面紫红色的旗,上面还绣着两个紫色的大字——谷欠。一开始,他们以为黑狗是只猎犬,待观察了一会儿,发现并无猎人尾随,他们这才一窝蜂飞奔过来。照常理,他们要么驱逐他,要么消灭他,但见黑狗文质彬彬、人畜无害,遂放下戒备,围着他看起了热闹。

"你是谁?"狼王问。

"我?我是黑狗,来自城市并长期向人类学习……"黑狗一边说一边环视群狼,那样子就仿佛电影里模仿英雄的"英雄"一样,而群狼果然就显出了几分害怕。是的,他们的确害怕人类,因为人曾打着"禁欲"(欲即谷欠)的旗追捕过他们。

"你来这儿干什么?"狼王又问。

"哦,按进化论的观点,我即是你们的未来。此次,我重返草原,乃是渴望为草原带来美好的明天。"

狼王哈哈大笑,他上前拍了拍黑狗的肩膀说:"好吧,既然你也有渴望,那就加入我们'谷欠'吧,协助我们,称霸草原。"

就这样,黑狗便第二次过上了集体生活。不过,他在狼群中还是多少有些特别的,您看,人家勇猛,他文雅;人家直率,他含蓄;人家狩猎,他读书;人家依循惯性,他依赖经典。此外,他还爱讲故事,嗯,他知道的故事可真多,有传统的、当代的,纪实的、虚构的,自己的、别人的……是啊,故事蕴含知识,而知识就是力量嘛。

可既然他能带来"力量",那狼王为什么不让他当个军师呢?而若是他能早日当上军师,不是可以让"谷欠"更快地统一草原,从而推行那绿色的仁政吗?

这天,狼群正在午休,恰逢黑狗放哨。他瞪着一双大眼睛,竖着两只大耳朵,显得特别机警。

微风拂煦,一头狮子正缓缓地移动……

那狮子喘着粗气,眼看着就要碰到他了,可他却仍然纹丝不动。

咦?这是怎么回事呢?哦,原来是他的视力不好。您想呀,当初他在城市,总是看书、看电视、看手机,这视力能好吗?此外,他的听力也不好。您想呀,当初他在城市,窗外有公路,屋里有电视,两位主人还时不时地拌嘴,想要维持敏锐的听觉,谁又能受得了呢?

见他岿然不动,狮子倒有些犹豫,他想:哨兵镇定,必有埋伏。便只是小心翼翼地,甚至是有点儿害羞地舔了一下狗尾巴,可黑狗呢却依然瞪大着眼向着远方眺望,就连头都没有回一下。咦?这又是怎么回事呢?哦,原来是他的触觉也不好。您想呀,当初他在城市,两位主人一天到晚地摸他,还时不时给他刷毛,想要维持敏锐的触觉,谁又能受得了呢?

这下子,狮子倒是被吓得一哆嗦,他想:准是有埋伏,还是撤吧,可自己毕竟是那可怕厄运的象征,就这么撤了,总还是有点儿难为情吧。想到这儿,他鼓起勇气,只温柔地咬了一小口……

痛,刹那间传遍全身,甚至也传遍了整个草原,随后,黑狗第一次从白日梦中惊醒,他回头,大叫了一声,呆住了……

不远处,群狼被惊醒,他们跃起、奔窜,一哄而散……

狮子也愣了,他惊异于黑狗的"镇定",遂悻悻地吐掉了嘴里的那块狗肉,转身跑了,一边跑还一边自言自语道:"无觉,可真是可怕。"

过了一会儿,黑狗似乎才明白了这整件事的来龙去脉。他有些生气,也有些羞愧,但他不想表现出来,他缓缓地把那块弃肉捡起来,故作优雅地又摁回到自己的身上。这时,那狼王走过来问:"狮子离你这么近,你怎么不提前发出警报?"

"唉,这就是我常讲的'穿越'啦,"他幽幽地说,"这狮子穿越而来并径直来到我的身后,谁又能够察觉呢?"

狼王将信将疑,显然,他对"穿越"知之甚少,他想:狮子没吃黑狗,且把咬下去的肉也吐了出来,这多少还是有些蹊跷的。再说了,狮子跑了,队伍也没什么伤亡,又何必再去计较呢?想到这儿,他上前拍了拍黑狗的肩膀,大声地说:"既然这样,那你就好好休息,安心养伤吧。"

一个月之后,黑狗的伤好些了,不仔细看您可能不会发现他还有点儿一瘸一拐，也看不出他的心中还残留着恐惧。于是，草原上的秋便因着这恐惧而提前到来——狼群"心具"不知从哪儿冒了出来，并与"谷欠"发生了冲突，还进一步引发了战争。

秋风萧瑟，硝烟弥漫。随之，天不再蓝了，草不再绿了，河不再清澈了，而您又怎么能再听到那曲空灵而深婉的歌呢？

一开始，为了尽早结束战争，黑狗还时常提出些建议，可狼群间的战斗很原始，他的战略、战术又太过复杂，一连几次，他的建议都毫无用处，而狼王也就对他日益疏远起来……渐渐地，他又体味到那种无依无靠的感觉了，也忘了要给草原带来什么和平。

每当安营扎寨时，他要么夹着尾巴读书、写字，要么就去给伤员们讲讲故事，哦，故事，尽管他提建议的水平很一般，但他讲的故事倒是非常精彩。不过，您若是能揭开那些故事闪光的幕布，说不定，您就会发现一片灰暗的色彩。

日有所思，夜有所梦——这天，狼群正在夜间行军。

云多，月隐，一瘸一拐的黑狗被落在了后面，他独自摸索，孑然前行，过了许久才见到了大部队的影子。他长舒了口气，又做了一个嗅的动作，便一颠一颠地向着那营地跑去……

然而，不幸的事又发生了，那不是"谷欠"的营地，而是敌方狼群"心具"的营地。

咦？这又是怎么回事呢？哦，原来是他的嗅觉也不好。您想呀，当初他在城市，主人家的厨房里有油烟、臭豆腐、炒辣椒等各种气味，大街上则满是灰尘，他的嗅觉能好吗？况且，他与主人形影不离，主人还在他脖子上挂着个银铃铛，一跑起来叮咚作响，如此这般，还要那敏锐的嗅觉干吗？

此刻，他被误认为是使者了，狼头攒动，他被簇拥着来到那敌方狼王的面前。见那狼王一身雪白，阴森可怖，他这才打了一个寒战。

"你是谁？"那狼王问。

他抑制住恐惧，将错就错地说："我……我是黑狗，我深夜造访，一来是想向大王表示敬意；二来呢，是想呼吁和平。"

"黑狗？"那狼王撇了撇嘴，用一种嘲讽的语气说，"哼，一个转瞬即逝的思想，竟敢擅闯我们这'谷欠'和'心具'的世界？请问阁下，您是不是因为视觉、听觉、触觉、嗅觉等各种'觉'都很迟钝，才闯进了我的地盘呀？"

黑狗有点儿生气，但他知道这儿不是生气的地方，他一边在心里嘀咕着"觉？觉有什么用？"，一边却又低下了头，僵直地摇了几下尾巴。

晚风掠过，那面绣着"心具"两个白色大字的银色旗帜发出了一阵噗啦啦的响声。

过了一会儿,那狼王又开口道:"不然,您也留下来给我的战士们讲故事?他们忙着打仗,日常生活也的确单调。"

这下子,黑狗不知该说什么好了。显然,他已厌倦了狼群的生活,也不喜欢眼前的这个狼王,可如今,人在屋檐下,他又该怎么办呢?

这时,一头老狼颤巍巍地站出来说:"大王,不可。此狗感觉昏聩,犹如暗夜无光。我以为,他的那些故事除了能迷惑战士外,怕是没别的好处。"

听完这番话,黑狗再也忍不住了,是的,他最见不得有人轻侮故事了。他向前迈了一步,大声地说:"故事蕴含知识,知识就是力量。"

"力量?"那狼王终于点了点头,看来,他还是蛮喜欢力量的,但他很快又觉得这故事里的力量的确有限。他想,若是和平时期嘛这黑狗或许还能有些用处,可现在毕竟是在打仗呀。于是,他挥了挥手,低声地说:"送——客。"

乌云散去,明月当空,皎洁的月光洒满了大地。

大地上,这边是"谷欠"(欲),那边是"心具"(惧),而中间则是一条无依无靠的黑狗。

他豁然开朗,对月长啸:"呜——呜——呜——"

忽然,他被这闹钟的振动声惊醒了。

他坐起来，揉了揉那惺忪的眼睛，一缕晨光已从窗帘的缝隙间渗入，一个崭新的认识正在心中涌起：无依无靠，恰是自立的开端；无欲（谷欠）无惧（心具），恰是自在的前提。而这自立与自在，不正是当初自己渴望和平、重返草原的初衷吗？

此刻，他站在窗前，披一件深色的长绒睡衣（背部呈深色），金色的阳光正轻抚着大地，当然，也轻抚着他那尚未被治愈的身心。他想："觉即是爱，爱即是觉，只有先成为那觉和爱的草原本身，才能真正地去理解那欲望和恐惧。"想到这儿，他呵呵地笑了，从容而又坚定地向着那绿色走去……

但这一次，他将不再是那个感觉迟钝、沉迷于故事的黑狗（自我思想）了，而是那觉和爱的草原本身——哎呀，天空湛蓝，芳草碧绿，一条五彩的河在其间蜿蜒，整个世界都回响着一曲空灵而深婉的歌。

亲爱的 1548

森林之绿一望无际，每一棵树都正在将根深入大地，好能撑开那绿色的伞。

一只猴子待在树上，他左手攀着枝条，右手拿着一本书，时而默读，时而遐想。

日出日落，寒来暑往，这时间长了，他自然便读得多了，记得多了，想得多了……可东西多了，空间也就少了，而少了空间，一棵树又怎么能舒展地撑开自己的伞呢？

这天有风，他一时兴起，遂临风长吟："秋风起兮白云飞……"而恰巧就被邻居松鼠给听见了。

"哇，您好有文化！"邻居夸张地说。

"还好吧，诗又不是我作的。"他谦虚地说。

"可是，能记住也不简单呀。"

"这……"他没有再接话了,因为此时风已经停了。不过,从那天起,他便开始以"文人"自居,而邻居松鼠也就随之称他为"先生"。

他挺光荣,可作为先生,也就有了著书立说的压力。于是,他天天都宅在树上,仿佛是已完全克服了那多动的天性。然而,也许只有他自己知道吧,那个"多动"虽告别了四肢,却溜进了脑子。

一会儿他想:"过去的文学歌颂光明、鞭挞黑暗,留下了多少精神财富呀。"一会儿他想:"今日森林处处光明,这文学还能干些什么呢?难道就是去编织玄幻、魔幻、科幻等各种'幻'吗?"一会儿他想:"信息爆炸,新闻发达,现实中的奇闻逸事已比这文学世界奇异得多了,那还要这文学干吗?"一会儿他想:"也许,这文学是真的没用了,可作为先生,你总得写本书吧。"终于,他摇了摇头,望着那一树的青翠叹道:"唉,做个先生可真不容易呀!"

他很少下树,是的,他怕狮子。恍惚中,他听闻过百公里外的狮吼,通过读书他也知道狮子的凶猛。一段时间里,他循环做着两个看似不同的梦——周一、周三、周五,他梦见自己和狮子同餐,但吃的是桃还是肉,是他变成了熊还是狮子变成了猫,他记不起来了;周二、周四、周六,他梦见自己被狮子追赶,当狮子的喘息声越来越近时,他便醒了。

这时，他就会呆呆地望着那穹隆般的树冠，直到天明……

显然，他不是很明白这些梦的含义，或者说，他觉得自己还年轻，还不应该深入地去理解那些欲望和恐惧。

于是，天空便渐渐明亮起来，太阳从东方升起，阳光穿透枝叶，花瓣似的洒落下来，如此明媚，如此温馨。接着，太阳缓步向西，悠然地抛洒那变幻的光影。抬眼望去，叶子的绿有深有浅，编织出一个翡翠色的穹顶。穹顶上，有星星点点的蓝天镶嵌其间，如蓝宝石般光彩熠熠。

树冠很大，穹苍很美，可他很少欣赏这明丽的风景。当然，作为先生，他得忙着读书、记忆、思考、梦……

这天，邻居松鼠对他说："猴子先生，您可真宅。看来，您是真不爱运动呀。"

"谁说的？"他笑着反问，"难道您不知道咱们的脑子里也有一片大森林？在那里，我可是天天都攀着念头的枝儿在运动呢。"

"我知道脑子里有片森林，可我读书少，那片森林也小。不过，我倒是听我父亲说过，咱们的身体里也有着一片大森林，且那里郁郁葱葱、四季如春呢。"松鼠一边说，一边抖动着那条蓬松的大尾巴。

猴子笑了笑，没有再接话了，显然，他不相信有别的森林会比他脑子里的那片更大、更美。

这年秋，果子泛红时节，猴子终于有了种创作的冲动，那么，写什么好呢？

写自己？可自己天天都宅在树上，除了二手的信息，哪有什么一手的经历？

写鸟？可他讨厌鸟。一天上午，他正在晨读，那只斑啄木鸟却在他树上叮叮地啄虫，还唱："故事沉重，生命轻盈。觉知之光，照彻心灵。"他很烦，那叮叮声和蹩脚的歌词都让他不悦。是的，他讨厌鸟，觉得他们太过轻飘，又总是神秘兮兮的，还少了一份对大森林的挚爱和揭露黑暗的勇气。那天，他和斑啄木鸟吵了一架，并扬言说他不想再和鸟来往了。

那么，写鹿？鹿，他至少认识。一天下午，鹿晃着那树枝般的鹿角从树下走过，树上，他放下书主动打招呼道："喂，朋友，您这是要去哪儿呀？"鹿却边走边说："秋风已入林，何不做自己？"之后，竟连头也没回一下便又款款地走了，就好像是怕泄露了心中的秘密似的。

"是啊，这年头，除了心理医生外，怕是没人能窥见他人的内心了。这样看来，写牛？写马？写狐？写兔？……都有类似的问题。"想到这儿，猴子有些苦恼，他想起名著中那些跌宕起伏的情节和复杂细腻的心理描写，竟开始抱怨起这生活的平淡来，甚至还有点儿怀念那些动荡的年代。

亲爱的 1548

他就这样想着，想着，天便渐渐地暗了下来。忽然，一个念头如流星般划过——创作，需要想象。

"哦，想象，多么可爱的字眼。有了想象，可以写鸟，不，不写鸟！可以写鹿、写马、写牛、写兔，可以写一切。"想到这儿，他欢快起来，他伸出左臂轻轻一荡，便荡到了相邻的一条枝上。

"有了想象，凡事可写，那就写狮子吧。狮子是公认的成功者，也是大家崇拜的偶像。据说，兔子一家现在也爱谈狮子了，兔爸爸还强调要为兔宝宝早点儿树立人生的榜样；还有斑马一家，现在也开始吃肉了，斑马太太逢人便说，论蛋白质的含量呀那还是肉里的高。"想到这儿，他激动起来，他伸出右臂轻轻一荡，又荡回到原来的那条枝上。

当晚，夜空澄澈，月光很亮，猴子先生低头伏案，终于也踏上了变成狮子的旅程，哦，不，是撰写《狮子传》的旅程。

有了目标，他越发勤奋，他先通过森林图书馆的网站下载了1547本各种版本的《狮子传》，他想："资料已如此丰富，这……这哪还需要一手的经验呢？此外，1547不也恰好证明了该选题具有某种永恒的价值吗？"接下来，他一面汲取前人的经验，一面放开"想象"，让"想象"在脑中那片大森林里纵情地荡漾……于是，渐渐地，渐渐地，故事情节便日益丰满了起来，而那主人公的形象也就比那真狮子还要更能干、更成功，也更伟岸。

当然，因为以往的 1547 本大抵也都是这样写的，因此，每当月圆之夜，他的心底还是会有些不满。

这天下午，他边创作边喝咖啡，而创作和咖啡就像两只蛾子在交织着、缠绵着，散发出又苦又甜的滋味……这时，他偶然间听到一首叫《瞪羚奔跑》的歌。当音乐节奏变得越来越快时，忽然，他有了一种醍醐灌顶般的感觉："原来，很多故事都是一部隐藏的《狮子传》呀，您看，瞪羚在奔跑，而在瞪羚的身后，对，请您再往后看——有一头狮子。"

这可真是一个美丽的发现，它在很大程度上释放了那交替的梦和梦魇，于是，他不会在半夜惊醒了。与此同时，一种发现的喜悦也从他的嘴角漾出，是的，他认为自己已经有了"原创"，也终于甩掉了那个善于伪装的"模仿"。

之后，他越发自信，为了能使这部《狮子传》有更多的创新点，或者说是为了能获得更高的评价、更大的奖励和更好的销路，他呕心沥血，几乎天天都在伏案工作。

这天上午，他正在写作，邻居松鼠抖着大尾巴对着他嚷嚷了半天，最后只好跳到他的书桌上："喂，我说猴子先生，叫了您半天您都没有听见，那狮子刚刚从树下经过呢。"

他赶忙放下笔，抓根树枝往下探身，可显然已经晚了，那狮子早没了踪影。说句实话，他有过一丝遗憾，但他很快

亲爱的 1548　　055

就笑着释然了:"是啊,也许没见过才能更好地去发挥想象力吧。"他这样一想,眉头便渐渐地舒展开了,苍白的脸上也重新泛出自信。

可那只松鼠呢却还在一惊一乍:"猴子先生,您听我说,我曾三次被那头狮子追赶呢。您看,我的尾巴上还留着个疤呢。"

他不以为然,但仍礼貌地听完了邻居的故事,是的,他不介意把邻居写进书里,也不关心邻居的话到底有多少水分,他想:"管他呢,谁说的谁负责。"

时光飞逝,转眼间就过去了三年。这年秋,又是果子泛红时节,森林里到处都弥漫着沁人的芬馨,可猴子住的那棵树却生了不少虫子,与此同时,他好像也得了什么不大好的疾病。

清晨,阳光穿透那稀疏的树枝,径直照在他的身上,他偶尔也会想:"那狮子也不过就是个角色罢了,羡慕别人的角色却忘了自己的生命,唉,这又是何苦呢?"不过,他并不想公开承认自己的错误,因为,对那个"自我"而言,错误也就是死亡。于是,每当有朋友从那棵树下经过时,总能听到他在树上喃喃自语:"《狮子传》出版了呀,有1001页呢。"

时下,森林里的文学爱好者已不多了,但毕竟还是有的,对这本新《狮子传》，他们有真买的，有真看的，有真信的，也有只看故事梗概的，还有的则在耐心地等待着同名的影视剧。

斑马太太和兔爸爸倒是都买了，也都看了，据说，他们还都认真地做了笔记，并就此成立了一个"狮子学"读书会。读书会设在一处山清水秀、绿草如茵的地方，会员则来自世界各地。

斑啄木鸟很痛心，好多次，当她飞过那棵枯黄的树时都想找猴子聊聊，可每当她准备降落，猴子却总是对着她龇牙。于是，她只好重新振翅、起飞，口中还嘤嘤地念着"狮子虽好，做你自己"，而猴子却一面嘟囔着"我只不过是写了写狮子，难道就不是我自己了"，一面竟用树上的枯枝打她，有一次，还差一点儿就打中了她……

唉，可现在一切都晚了呀。

狮子听说又出了本关于自己的书，可他照例是懒得买，也懒得看。

一个月夜，狮子望着那轮反射太阳光的月亮说："我们究其一生恐怕连自己都难以了解清楚，又怎么能写出真实的别人？"不过，当他听说作者病重时，也就不想再去计较什么名誉权的事了。

亲爱的 1548　　*057*

第二年春，蜂鸟来采访狮子，当被问及对新《狮子传》的看法时，狮子只淡淡地说了一句"燃烧一手生命，复述二手思想"，便沉默了。当蜂鸟请他再做些解释时，狮子张开大嘴，露出了那洁白而巨大的牙齿……然而，他只是懒懒地打了个哈欠。

同年秋，新《狮子传》还真的得了个什么文学奖，书的销量也因此提高了1%。为此，狮子礼节性地给作者寄去了一张浅绿色的贺卡，上面写着："祝贺你，亲爱的1548。"但贺卡很快被退了回来，上面还加盖了一个靛蓝色的戳——今天，那树倒了。

森林之绿一望无际，而每一棵树都正在将根深入大地，好能自觉、自爱、自足、自立。

越狱的羊

雨后的森林,水唱着歌——泉水淙淙,溪水潺潺,一滴滴晶莹的水珠从叶子尖儿滑落,滴滴答答地打着节拍。

一只黑山羊黑得发亮,当他奋力奔跑时,那淋漓的绿中便划过了一道闪电。

他自负,自以为聪明且正直,而为了证明自己,他投身于各种活动:他与狐狸争辩,说狐的聪明不过是种自私;他与棕熊比武,说熊的凶猛少了些许正直;他还挑衅老虎,说虎的牙多数是镶的、假的,而自己的羊角才是一种真实……活动很多,身心很忙,但为了追求他所谓的美好,他说:"值。"

这天黎明,羊一觉醒来便觉得有些异样,每一滴露珠都在闪闪发光,空灵中浸润着一种罕见的静谧。他站起身,用力地揉了揉眼睛:"啊,您……您就是传说中的森林之神吗?"

森林之神点了点头。他凝视,明如春光;他微笑,柔似春水。他问:"孩子,一颗紧张而忙碌的心能为自己、为别人、为森林带来什么美好吗?"

羊无语,他不知该如何回答,他大大的眼睛微微一眨,亦如两滴晶莹的露水。于是,那神伸出左手轻抚羊的脸颊,然后凝重地宣布道:"由此,你将被送进那森林之狱,刑期三十天,望你静默、深省。"

"这……为什么?"羊晃了晃那健壮的双角,脸上遂泛起困惑的神情。是啊,为什么他坚持正直却要受到这样的惩罚?

森林之神并未回答,他微垂眼帘并以右手指心,那样子就仿佛是在说:"孩子,静默吧,唯静默可以深省,从而看清真实的自己。"

于是,羊便静默了。过了一会儿,他果然想:"近来也的确是有些忙,且还得了荨麻疹,这一痒起来呀还真是叫人心烦。"想到这儿,他有些惭愧,他轻轻地叹了口气,向着那森林之狱走去……

森林之狱条件尚好,羊有自己单独的区域——空间开阔,芳草如茵,一棵大树郁郁葱葱。树下,还有一眼甘甜的泉水——泉水汩汩,汇成小溪;小溪涓涓,流过草地;继而又流出围墙，流向了远方……

一阵泥土的清香扑鼻而来，他想："这何狱之有嘛！这……这不就是在家中静养吗？"

一开始，他甚至喜欢这儿，他散步、静心、反省，也给大树和草地浇水。是啊，水可真好，水谦卑、柔和、顺遂、恬静，水是爱的象征、绿的根底，水还能流出小院，灌溉原野呢……

可是，在他（羊）越过围墙、奔向原野之前，他总得先浇好这棵树和这片草地吧。

一天、两天、三天……时间便一天天过去了，羊也像是补足了水，荨麻疹遂很快痊愈。然而，才过几天，羊却留意到自己的情绪好像变了，哦，是的，那个自负又复燃了，且正如山林之火在迅速地蔓延——火光灼热，烟尘翻滚，一个熟悉的念头正从那烟与火中升起："我，一个强者，怎么能自甘平庸，独自在这儿浪费生命呢？"

这天傍晚，远山如黛，整个世界都放松了身心，好能融入那如水的静夜。可羊呢却丝毫没有睡意，他噘着嘴，埋着头，不停地沿着围墙快走，远远望去，就像一支黑色的墨笔正一遍遍地画着圆圈……忽然，他笑了，他发现那围墙不过是1米多高的竹篱："咳！原来是这样呀。"他轻轻一跃，跨过矮墙，歌声欢快，步履轻盈……

当然，他这幕精彩的越狱场面是没人能看见的，因为，除了他自己的觉知外，谁又能看见他头脑中那一闪而过的思想呢？

次日清晨，森林喧嚣，是的，黑山羊提前回来了。他看上去精力充沛，目光炯炯，似乎比之前还显得强大。一开始，他还常常提醒自己："要温柔，要顺随，切勿重拾那个自负的旧习。"可那个自负既顽固又善辩，总是能编出各种美丽的借口，这不，还不到一个月，他就不知不觉地恢复了旧节奏，又开始了那忙碌而紧张的生活。

不过，经过森林之狱二十天的静养，他毕竟比之前成熟了些，他不再和人较劲了，而只是专注于自己的事业。照理说，他的年龄也不小了，本可以也应该趋于从容了，可他偏偏又有了新目标：嗯，他要实现自我，从而成为一只杰出的羊，直到有一天，他能为森林里的牛、马、猪、鹿等食草动物们都做出榜样。

看来，此时的他还是看不清楚呀，这……这不还是那个自负在做梦吗？

当然，狐狸、棕熊和老虎依然不喜欢他，也照例是躲着他走。一次，狐狸先生喝多了，他缓缓地放下银筷子，幽幽地说："都是养家糊口、混口饭吃，至于这样吗？再说了，羊毕竟是羊,他既没有虎的凶猛,也没有熊的力气,像他这样心高气傲,又能得到什么呢?"

是啊,人家狐狸说得没错,最终,那些自负者除了燃烧殆尽之外,又能得到什么呢?

时光飞逝,斗转星移,转眼间就过去了三年。

这天下午,羊正站在山坡上眺望秋景,那森林之神第二次现身了。羊一惊,忙上前解释说:"上次,我是觉得自己的病已经好了,所以才……而且,我急着出来,也是为了追梦呀。"

森林之神静静地看着他,过了良久才怜爱地说:"孩子,看看你吧,都把自己折腾成什么样子了?"

"可我这不是想要一个公道嘛。"羊争辩道。

"但真正的公道是爱。"森林之神缓缓地说。

"可我这不是在爱吗?我爱森林,爱事业,爱奔跑……"

"用什么?用你的自负吗?"

"这……"

这时,一阵微风拂来,树上的翠叶如碧波微颤,树下的光影如卵石斑斓,一只凤蝶翩然飞过,洒下一串蓝水晶般的光彩……那神伸出左手,一边抚摸着羊干涩的毛发,一边心情凝重地宣布:"由此,你将再次被送进那森林之狱,刑期六十天,外加你此前尚未服满的十天,望你静默、深省。"

"这……为什么?"羊有些郁闷,可还没等他把话说完便忽觉一阵胃痛,于是,他再一次转念了:"是啊,近来也的确是很忙、很累,且常常感到胃痛,这一痛起来呀还真是让人难受。"想到这儿,他垂下了头,他哀怨着,叹息着,向着那森林之狱走去。

此时,太阳已西沉,晚风萧瑟,隐隐地透出一丝寒意。

缓缓地,他推开了门,嗯,环境大体上还是熟悉的,但又似乎有了些不同,那么,是什么改变了呢?哦,是围墙——竹篱不见了,取而代之的是 2 米多高的砖墙;哦,是草地——草已大片枯黄,还生出了几株荆棘;哦,是树——树上生了虫,一阵寒风掠过,那些黄褐色的枯叶便纷纷地飘落……

说句实话,他有些惭愧了,他想:"这次就心甘情愿地安住吧,尽管条件已不如从前,但这里毕竟清静,对恢复健康还是很有好处的。"

接下来,他开始安静地散步、浇水,浇水、散步……渐渐地,他又像是补足了水,步伐不再凌乱,身姿不再僵硬,那胃痛也就自然而然地减轻了。此外,他还惊喜地发现,那片草和那棵树又重新变绿了……

朋友,您看,这寓意很清楚了吧?是的,草即身,树即心,水即觉,觉即爱。那么,那绿呢?哦,那绿即因自觉、自爱而沁出的喜悦。

就这样，一天、两天、三天便过去了……十天、二十天、三十天也过去了……然而，七十天，却实在是有些太——长——了——呀。

到了第五十五天傍晚，天有些闷热，羊不由得想起了父母妻子、兄弟朋友，他仰望群星，倍感孤独，于是，那个自负又一次复燃了。是啊，生命如此短暂，那个炽热的梦也不允许他这样冷冷地虚度呀。

心中有火，足下生风，那支"墨笔"又开始沿着围墙画他的圈圈了……

其实，这里并无看守，他完全可以推开门坦坦荡荡地出去，可不知为什么，他却非要做出一副悄然警觉的样子，他一面想着"人们为什么总喜欢看越狱题材的作品呢"，一面开始助跑、加速、起跳，蹄子贴着墙头，跃了出去……

但这一次，没有歌声，黑暗中的他也怀了一丝疑虑："离开静养，恢复习气，这第二次的越狱果真是明智的吗？"

很快，他就又开始忙了，而他一忙也就自然忘了那"水"和"绿"，且现在每当胃痛时他又培养了一项新的"美德"——忍，于是，他就这样忙着……忘着……忍着……

可是,我亲爱的羊呀!你可知道这个"忙"和"忘"为什么都是一个"心"加上一个"亡"呢?而这个"忍",又为什么是"心"上放着一把"刀"呢?

再过了一些日子,他又开始奔跑了,是啊,生活有太多的问题,而变得伟大需要牺牲。

三年之后,他还真的有了些成绩,那些牛、马、猪、鹿等看上去也都挺羡慕他的,可他呢却好像仍不知足,他常常说:"山外有山,森林的那边也还有森林。成绩可以更高,伟大没有穷尽。"

这天黄昏,当森林之神第三次现身时,羊已病入膏肓。

他缓缓地跪倒,大声哭泣:"神啊,那越狱是完完全全地错了呀。'我',一个虚荣的习气,是屡次悖逆了您的爱呀。请允许我重回那森林之狱吧,以这残存的生命去服满我应得的刑期。宽恕吧,请宽恕这一切的痴迷,就让您的爱再一次流入这颗荒芜的心吧。"他忏悔着,哭泣着,泪水便一滴滴滑落下来,就落在了那片因野火肆虐而干涸的心里。

哭了一会儿,他抬起头,金色的霞光正映在那神的脸上,那神深邃的眼里竟然也满含着泪水。

静默,无边的静默,整个世界都在这静默中变得晶莹,而就在这片晶莹中,那神微微地点了点头,然后倏地一跃,竟与那抹最后的霞光一道,逝去了——

天蓝莹莹的。

夜,已调好了它氤氲的水墨,准备挥动画笔去渲染那茫茫的天宇。

羊,茕茕孑立,恍惚间,他感到那神似乎并未逝去,而是由远及近又返回了心里。于是,他转过身,蹒跚而又坚定,向着那森林之狱走去……

远远地,他便望见了——呀,那2米多高的砖墙不见了,取而代之的是4米多高的混凝土墙;那扇木门也被换成了巨大的、锈迹斑斑的铁门。

他推开门,然后再费力地把门关上,而那门却缓缓地倒下了,与此同时,那四面高墙也都轰然倒塌——烟尘腾起,一切皆化为乌有。

是啊,此心已知内外,此墙又复何用?

他走到树下,泉水依然澄澈,明镜般映着那深蓝的夜空。夜空中,一树干枯的枝丫正挂着那满天繁星。于是,那对生命的敬虔便宛如一只白鸽降临了,而黑山羊以及他的自负,则在这如水的静夜中消融……接着,那个敬虔,对,就是那个敬虔本身捧起了水,将爱的觉知浇在了树的根部。

星光灿烂,一夜无梦。

次日黎明，当霭霭的晨雾散尽，那棵枯树竟生出了一条新枝，而森林里，每一种绿都正在苏醒，按着自身的节奏迎向晨曦。

中 篇

三个美德

深绿色的森林,浅绿色的田野,猎人的家在二者之间。

猎人有三个女儿,当大姐十岁、二姐八岁、三妹六岁时,她们慈爱的妈妈生了场病,走了。从此,猎人是既当爹又当妈,每天清晨,当他背了长长的猎枪要出门时总是先把孩子们都叫醒,接着,他一面讲述那"优胜劣汰"的法则,一面又学着妈妈的口吻阐释这"相亲相爱"的道理……之后,太阳已升起,猎人迈开大步,向着那深绿色走去……

院子很大,白昼很长,三个小姐妹在家各尽其责,各司其职——

大姐勤勉,她种菜、浇水、烧饭、洗碗,看上去像是承揽了家中所有的劳作,有时,她太累了,便会叫来二姐帮忙;二姐聪明,她总是在琢磨有什么轻省的法子,渐渐地,她还真就搞出了不少发明,像播种机、插秧机、收割机等等,让家庭劳作轻松了不少；三妹便多了闲暇，她会剪纸、画画、讲精彩的故事、唱动人的歌，每隔几天，她还会送些鲜花到两位姐姐的房间里去……

就这样，靠着这三姐妹的勤、智、美，猎人的家被打理得挺好。

时光飞逝，转眼间就过了十二个寒暑。如今，这三姐妹是既聪明又漂亮，猎人的家也因着这富饶和美丽而远近闻名。于是，有传言说，那位年轻的王子将要亲自来造访，还说若能与哪位姑娘一见钟情的话，他还会当场求婚，并邀请准新娘和姐妹们一起到王宫里去玩儿呢。

对此，人们议论纷纷，这不，连森林里的那只老狐狸也知道了。他修炼了好几千年，顶喜欢去作弄那些正在从森林走向田野的人，若是让他碰到了那些自相矛盾的头脑，像什么善良的邪恶啦、聪明的愚蠢啦、美丽的丑陋啦，他便会设下圈套，诱使人变得贪婪、恐惧、愤怒，乃至完全忘了那爱的自性，到那时，他就会施展魔法了，他会将人变成动物，以重新适应那森林的法则。

几乎所有的人都恨他，说他罪该万死。可那只老狐狸倒是挺"谦虚"，他说，他其实也没啥了不起，他、他不过就是骄傲者心中的困惑而已。

这天，猎人前脚刚走，狐狸就扮成王子敲开了猎人家的院门。一开门,望着假王子英俊的容貌和那顶镶满了钻石的王冠,说实话,姑娘们是都给迷住了,以至于谁都没有质疑他的燕尾服后摆为什么那么长,长得就像一条尾巴。

当然,当所谓的勤、智、美见到了名和利,它们通常也是无暇去分辨善恶的。

见姑娘们都愣在那儿,那假王子哈哈大笑,而姑娘们这才想起把这位尊贵的客人让进院门,陪他坐在那棵院子中间的苹果树下。

一阵晨风拂过,每一片树叶都像那王冠上的钻石,哦,不,是像那王子的大眼睛一般在闪闪发光。

当然,闪光的还有渴望……

可既然姑娘们都这么优秀,她们渴望美好的姻缘,并渴望本来就该属于自己的幸福,又有什么不对呢?

对是挺对,可问题是新娘只有一位。于是,头一次,姑娘们终于理解了父亲为什么总要强调那个"优胜劣汰"了,您想呀,在那片幽暗的森林,当父亲直面猛兽时,只有优胜者才能生存呀。

欲如风,情似浪。当然,在这么大的一个院子里,有点儿风浪也是很正常的,只不过就在半个钟头前,姑娘们还都以为这个院子里只有"相亲相爱"呢。然而,在那个"优胜劣汰"的法则下,谁能够真心相爱?谁又能够避免因"优"而引发的骄傲和鄙夷以及因"劣"而导致的自卑和嫉妒呢?

唉,就请您可怜这颗心吧,它总是有三分之一在渴望着"优胜",有三分之一在害怕着"劣汰",还有三分之一呢,或许是在乞求着那缥缈的爱吧。可是,爱是什么?爱和欲望有什么区别?这勤、智、美和爱是什么关系?少了爱,这勤、智、美会不会变成战斗的工具?您看,要回答这些问题光靠头脑可是不行的,因为,那头脑虽自以为聪明,却无法理解这个不属于它的爱,而若是少了妈妈的亲身示范和长期的耳濡目染,孩子们又怎能知道什么是爱呢?

唉,谁叫那个象征着爱的妈妈还没把爱的精义教给孩子们就匆匆地离开了呢?

念头挺多,心绪挺乱,而院子里的那棵苹果树倒是始终都静悄悄的,显出一副怡然自得的样子。

这时,一只百灵鸟飞来,它在那棵树的树梢上一边跳舞一边唱歌:"叽叽叽,请自立;喳喳喳,勿自大。"可此时的姑娘们呢,正沉浸在那思想和情绪的风浪中呢,又怎么会听到这只小生灵的歌声?于是,唱了一会儿,那只小鸟无奈地摇了摇头,一挥翅,飞走了……

是啊,对于那些沉浸在欲望中的头脑来说,别人的几句劝告又有什么用呢?

那假王子倒是长嘘了口气,随后,他拿出几件珠光宝气的长裙说:"亲爱的姑娘们,这是王宫里最华美的三件长裙了,今天我就送给各位,请各位挑一件试穿。"

姑娘们一听,都有些犹豫——先挑吧,有违那个"相亲相爱";矜持吧,又怕别人抢了先。您看,这"优胜劣汰"可真是操心,它不仅自己要忙着优胜,还得时刻关注别人。是呀,逆水行舟,不进则退,别人若是"优"了,那自己不也就"劣"了吗?

还好天公作美,她们各得所愿,她们拿起自己选中的长裙,转身回屋,换裙子去了。

大姐回屋后有点儿生气了。她想,自己皮肤红润、体态丰腴,确实是家中最健康、最勤快的那个,况且,她已为这个家做了那么多贡献,总该优先……她这样想着,便不知不觉地换上了那条红色的长裙,哦,那裙子上还绣着几朵黑色的大花。

二姐回屋后有点儿生气了。她想,自己身材匀称、通晓事理,确实是家中最聪明的那个,也最适合辅佐王子的工作,况且,她已为这个家做了那么多贡献,总该优先……她这样想着,便不知不觉地换上了那条黑色的长裙,随后,她将腰间裙带用力一勒,突显出她那婀娜的腰肢。

三妹回屋后有点儿生气了。她想,自己体态轻盈、肤色润白,确实是家中最娇美的那个,也最适合用美来点缀王子

三个美德　075

的生活，况且，她已为这个家做了那么多贡献，总该优先……她这样想着，便不知不觉地换上了那件翠绿色的长裙。

朋友，您看，这勤、智、美虽然自以为都是美德，可她们还是都渴望能再穿上一件名贵的外衣，尽管这外衣以及随之而来的评价都源自别人。

太阳已升得高了，长空一色，万里无尘，而院子里则芬芳四溢、百花盛开，有白色的兰花、粉红的杜鹃、紫红的玫瑰、蓝紫的翠芦莉等，是啊，这些花是多么自立、自足呀，她们自内而外地绽放出美丽和芬芳，她们才不管你看不看、闻不闻哩……

这时，姑娘们已从屋子里出来了，那假王子春风满面地迎上前，他一面感谢姑娘们肯赏脸穿他的长裙，一面则连连地赞叹："啊，这个闭月羞花；哇，那个沉鱼落雁。"可姑娘们呢却好像没什么内心的喜悦，显然，她们自己看不见自己，而当她们看到别人的美时却不知为什么都有点儿头晕。

之后，她们围着那假王子又重新坐下来，听他讲述那王宫中的美好，她们倾听着，憧憬着；憧憬着，倾听着……终于，一个念头在这个院子中升起："今天，要赢！就别去管那个'相亲相爱'了吧。"接着，那个念头开始蜕皮、长大了，且缓缓地立起了身子，它一会儿通过她们的眼向外张望，一会儿又通过她们的嘴吐出了长长的信子。于是，她们开始相互诋毁了,鸡毛蒜皮的陈年旧事被忆起、放大,直至最后,她们都站起身来,大声地说:"告诉你一个真相吧——我对你错,我优你劣。"

朋友,您看,从自大到贪婪,从恐惧到愤怒,此时的她们已完全忘了那爱的自性了。她们就像睡着了,就连那假王子已现身为可怕的狐狸都没察觉。忽然,那狐狸喝了一声:"变!"只见,那三姐妹的口中都各自窜出一条蛇来,随后,她们开始缩小、变形,竟然就都变成了虫子。

冲突结束,狐狸消失。一场真爱缺席的战争,果实就是种子。

太阳已经下山了,晚霞如半透明的红纱在头顶上飘动。那猎人走出森林,他肩上扛着猎物和那支闪光的猎枪,可脸上却挂着一缕困惑的神情,是呀,他近来常常感到困惑:他不知道自己为什么要天天去那片森林,且天天都要强化那个"优胜劣汰"的法则。难道说,就因为他曾经是个猎人,就应该几万年都要过这种战斗的生活吗?

他推开院门,院子里空荡荡的,但当他听说王子已经来过,便以为孩子们都已去了王宫。当然,他不知道狐狸曾经来过,也不知道若是少了那真正的爱,即便是这院子里,哦,不,是自己的脑子里曾经有一些勤、智、美之类的才能,这些才能也会在那"优胜劣汰"的法则下变成战斗的工具,并在一次次的战斗中被消耗殆尽。

夜空浩瀚,月光皎洁,整个世界都浸润在那如水的月色之中。

苹果树下,猎人一面吧嗒吧嗒地吸着烟斗,一面则在为孩子们的前途而感到骄傲,或者说,他是在为自己头脑中的勤、智、美而感到骄傲。不过,今晚的确是有些特别,他似乎头一次感到这心里有点儿空落落的,他想,要是孩子们那位慈爱的母亲还在,那该多好呀。

是啊,没有爱的家不能算是家,没有爱的美德也不能算是美德。

晚风轻拂大地,苹果树发出沙沙的声响。一片叶子上,哦,对了,据说脑子里也有脑叶,一只绿色的蚜虫,一只黑色的蚂蚁,还有一只红色的花大姐,正在那尼古丁的熏染下相互追逐……

雕 塑 村

按这雕塑村的说法，凡有形者皆可视为雕塑，而万物莫不有形，故从广义上讲，万物皆为雕塑，比如，原子是微观的雕塑，太阳系是宏观的雕塑，诗是文字的雕塑，而社会呢，则是各种关系的雕塑。不过，话虽这么说，可这雕塑村主要还是从事那狭义上的雕塑，村民们有的捏坛子，有的塑神像，而不拘用了什么材料、使了什么手法，他们莫不希望这手上的活儿能给世界献出一份美来。

村子中央，百家姓祠堂前有一块方形的广场，也不知是从什么年代开始，这里每十年会举办一次最高水平的雕塑赛。届时，行家云集，切磋技艺，而优胜者则被冠以弱冠、而立、不惑等各年龄组"带头"的称号。

青山下，绿水边，这雕塑村看上去既古老，又充满了活力。

村南榕树下住着张、李两家，两家虽不同姓，却是很近很近的亲戚，以至在村民们看来，这两家也可算作一家。

某年某月某日，这两家竟同时各诞下一子。张家的孩子排行张家老三，李家的孩子排行李家老四，张三、李四从小就是朋友。白天，他俩形影不离，加之个头、胖瘦都一样，不知道的人还以为他俩是对双胞胎呢。可到了晚上，他俩各回各家，张父常说："张三呀，是你的你要去争取。"李父则常说："李四呀，不是你的你要放弃。"

七岁那年，两个孩子一起去学艺。第一天是理论课，师父背着手，开门见山地说："人生就是战场，是你的你要去争取。"

张三想："师父和父亲说得一模一样呀，难怪大家都说'师即父'。"之后，他抬头望了一眼黑板上方"师造化，得心源"那六个暗红色的大字，早早地便立下了人生的目标。与此同时，那李四心想："战场？是谁和谁战斗呢？不过还好，师父和父亲的观点还是大体相似的，只是说法不同而已。"

这时，窗外阳光明媚，湛蓝的天空缀着一朵雕塑般的白云。

之后，是漫长的学艺生涯——技法、理论、思潮、流派、模仿、实践、创作等等，日复一日，年复一年。到了十八岁那年，张三顺利出师了，他想法多、工具多、资料多、人脉广，且自以为已学到了师父的精华。与之相比，那李四则单纯得像个孩子，并且，他那所谓的学艺生涯也似乎不了了之了。

咦？不是说两个人形影不离，像对双胞胎吗？怎么会有这么大的差异？

哦，其实呀，这同一个人的应有面目和本来面目亦如双胞胎一样，小的时候二者很像，等到年龄渐长，欲望渐多，二者的差异也就越来越大了。

两年后，张三果然在雕塑赛上勇夺弱冠组"带头"的称号。授奖时，评委之一，也就是他的师父评价道："毫无疑问，张三想法多、工具多、资料多、人脉广，继承了我们雕塑村的传统，代表了我们雕塑村的主流，也必将使雕塑学这棵大树枝繁叶茂……"

领奖台上，张三热泪盈眶，透过那晶莹的泪珠，整个世界都变得迷离起来。

又过了两年，张三结了婚、盖了房，院子大门的匾额也题上了"师造化，得心源"那六个暗红色的大字。当然，这六个字挺好，可问题是这雕塑学有着几千年的历史和层出不穷的思潮，他总得先把这些都装进脑子里吧，否则，他怎么知道自己是在创新？又怎么能发现别人是在模仿呢？于是，在一个有风的月夜，张三忽自言自语道："欲成名家，岂能久居一隅？"说罢，他竟然立刻就收拾好了行囊，并于当晚告别家人，开始游历全村。

全村？

嗯，是的。您看，随着这专业化的发展，如今这各个专业的小圈子难道不都像那自说自话、互不来往的"地球——村"吗？这地理上的广度（地球）与专业上的狭隘（村）不正形成了某种巨大的反差吗？

接下来，张三披星戴月，遍寻名迹。他观摩历代作品，拜访各派名师，当他自觉技法已精湛、思想已成熟时，一晃已过去七年。于是，在另一个有风的月夜，他忽然又想起了比赛，便匆匆忙忙地赶回了家。

是呀，这比赛是多么重要啊！您看，既然大家都已经专业化了，且专业化到了几乎每个人都得拥有某个独立的研究方向，那么，若是您没有参加比赛并在比赛中获奖，那谁还会相信您的水平？而对雕塑村来说，又怎么才能知道哪个村民的雕塑水平最高呢？

果然，张三在比赛中雕的狮子最好，评委老师说："张三高效地组织了多名助手，作品巨大、造型复杂，且通过夸张狮子的嘴巧妙地隐喻了狮子旺盛的食欲，展现了创作者多方面的才华。毫无悬念，张三获得了而立组'带头'的称号。"

此后,张三便更忙了。他创作、授课、出访、演讲、当评委、撰写学术文章,还要编写《雕塑史》,当然啦,作为"带头",这也都是他应该做的。

三十九岁那年,张三得了高血压,精力似乎也不比从前了。这天下午,他感到有点儿头昏,便放下手中的工作,想去看看李四。

李四早淡出了人们的视野,似乎已没人知道他还搞不搞雕塑,以及还在不在这个村子里居住了。当然,他还在,他种地、砍柴、烧火、做饭,偶尔也会带带孩子。闲暇时,他喜欢在院子里喝茶,有时也会吹一会儿竹笛。也许正因为时有这竹笛声传来吧,张三虽多年没见过李四,但他心里清楚——李四在。

此刻,张三坐在李四家的院子里,李四递烟,可张三从自己的口袋里掏出一小包烟说"抽好的";李四沏茶,可张三从自己的口袋里掏出一小包铁观音说"喝好的"。之后,他俩便开始叙旧、交流,然而很快,两人就因观念、目标、方法和经历的不同而陷入了静默。

静默,真好。很多年张三都没有这么静过了。

这样静了一会儿,他的心开始澄明起来,他想起自己刚进来时曾觉得这院子又小又乱,而此时他却惊异地发现:原来，这里的每一个物件都摆放得恰到好处，院子里竟透着一种难以名状的空灵。

过了一会，他的目光落在一只狸花猫的身上，那只猫一动不动地趴在不远处的檐下，就好像是要与他说话似的。不由自主地，他竖起了耳朵。咦，他好像真的听见了，那猫在说：“不是你的，你要放弃，而只有生命才是你的。"

他大吃一惊，遂想到自己近来的确是挺累，怕是有点儿神经衰弱了。他拍了拍前额，猛地想起晚上还有一个会议，便站起身道了一声"再见"，匆忙走出了李四家的院门……

此时，长空一色，万里无尘，遗憾的是，他这么快就离开了那本然空明的觉知，也未能认出李四就是他自己的本来面目。

送走张三，李四在院子中静思了一会儿。朋友的来访就如一粒石子丢进了平静的湖面，涟漪便一圈一圈地漾开了——

他，张三，为什么会看重"带头"的称号？为什么会边吃降压药边继续增加压力？为什么把雕塑做得那么大？又为什么总要用文字来阐释他的雕塑？显然，李四简单，他不能理解这些复杂的逻辑，所以嘛，他很早就放弃了，放弃了那些本来就不属于自己的东西。是呀，保持单纯、天真对于生命是多么重要啊！否则，那些思潮和流派又有什么意义呢？

想到这儿,那粒石子沉底了,李四(或者说,是那个本然空明的觉知)看了一眼那只泥猫,呵呵地笑了……

第二年秋,雕塑赛的规模很大。张三身兼数职,他是选手、评委、组织者,还是颁奖人。此外,为了把赛事办得更热闹一些,他还首次增设了业余组,并邀请诸多老朋友来参加。李四因着盛情难却,且刚好又没什么要紧的事,也就应了。

那天上午9点,赛场已布置完毕,作为专业组一号选手,张三的比赛场地可谓位置醒目、工作面大、助手众多,且各种工具先进而完备;李四呢则混迹于业余组中,低矮、狭窄的桌台上只有一块小小的塑泥。

10点钟,比赛开始了,选手们一想到过去的付出、未来的命运以及今天这难得的机遇,都不免有些紧张。是啊,人生如战场,在战场上,谁不渴望胜利,同时又害怕失败呢?就算你是在创造美、奉献美,你也得紧张地去战斗呀!

秋风习习,树叶沙沙作响,树上有几只喜鹊在嬉戏,其中的一只尾羽一抖一抖的,还时不时地歪着头向下探视,就好像是在与李四交谈似的。树下,李四时而向上看一看,时而揉动塑泥,才过了一会儿就把一只泥鹊给塑好了。之后,他端详着作品,瞳孔里闪出创造的喜悦。接着,他微微欠身,对着那泥鹊张开的喙轻轻地吹了口气……

快 11 点了，他站起身，抬头又看了一眼那群树上的喜鹊，笑呵呵地回家了。

没有人理睬他，大家都很忙。您瞧，时间这么短，连吃饭、喝水都顾不上，谁的心里还有多余的空间去留意一个静悄悄的存在？就算这个存在知晓造化的规律，甚至他本身就是那造化的源头，可他做的事是如此渺小，又怎么能引起大家的注意呢？

下午 5 点，比赛结束了。选手们既疲惫又兴奋，一个个都在焦急地等待着成绩。那些评委倒是都很沉着，他们绕场一周便评出了优、良、中、差，还给那些业余组的作品也都评定了成绩。

5 点半，颁奖典礼开始了，少年组、弱冠组、而立组、不惑组的获奖者一一上台去领奖，最后是张三站在台上，他有些吃力地抱着一个大奖杯，久久地环视着那攒动的人头和狼藉的赛场……这样看了一会儿，他朝麦克风挪了一步，深情地说："呃，感谢……"这时，他留意到不远处有几只喜鹊正围着一只泥鹊鸣叫，忽然，那只泥鹊的头动了，而尾羽也随之翘了两下，之后，它竟然向上一跃，和那些新朋友飞上了树……

枫叶已黄，晚霞满天，不知怎的，他蓦地想起了李四家的猫，于是，对着话筒，他脱口而出："哦，我的天哪！"与此同时,那个巨大而空心的奖杯正从他的手中滑落……

亲爱的朋友,"师造化,得心源",说得多好!可有谁知道,这颗心已离开那个源头多远?

更自然？

青山悠悠，绿水潺潺，山水之间有一个梨花村。

这年春天，梨花盛开时节，一户人家生了一对双胞胎男孩儿。三岁之前，这兄弟俩一块儿睡觉，一块儿玩耍，就好像还在妈妈的肚子里一样，你贴着我，我贴着你。

他俩生得聪明，长得漂亮，父母、亲戚乃至全村的人都喜欢他们。这不，几个村民茶余饭后凑在一起聊天，有事没事总把这兄弟俩给评论上一番——他们有的说哥哥聪明，有的说弟弟聪明；有的说哥哥英俊，有的说弟弟英俊；有的说哥哥将来会更有出息，有的说弟弟将来会更有出息……其实，这些村民并不怎么认真，因为他们压根就分不清哪个是哪个。您想呀，兄弟俩简直就是一模一样，就连他们的亲生父母都常常搞混，又何况外人？

可您也不能怪村民们多事,兄弟俩虽长得一样,但这名称毕竟不同,一个叫哥哥,一个叫弟弟。再说了,有点儿差别才能更好地适应生活,比如,他俩吃梨,梨会一大一小;他俩睡觉,一个得靠里,一个得靠外;他俩跳绳,一条绳子会轻些,一条绳子会重些……而每当这时,为了避免无谓的争吵,他们那忙碌的父亲便总是严肃地说:"安静点儿!按着咱们村的规矩,哥哥得让着弟弟。"

渐渐地,哥哥便明白了自己的角色——哦,相比弟弟,自己只有更忍让、更懂事、更勤勉,才能成为哥哥。

梨花村并不富裕,兄弟俩这才六岁就得帮着父亲干点儿活了。每天清晨,当大公鸡站在梨树的枝上唱着"咯咯咯——"时,兄弟俩便都起了床,带着镰刀上山去割草了。

太阳呵呵地笑着,金色的阳光轻抚着大地。山坡上,兄弟俩长得一样,穿得一样,看上去就像是一对生机勃勃的小兽,此时,谁还能够分清,又有什么必要去分清哪个是哥哥,哪个是弟弟呢?然而,此时的哥哥却已播下了一颗叫作"更……"的种子:割草前,他会爬得更高一点儿;挥刀时,他会挥得更快一点儿;回家前,他会更早地把草捆起来背好,然后走到弟弟的身边用眼神催促弟弟;回家时,他会背起那捆更重一些的草,走在前边。嗯,尽管他与弟弟长得一样,但看起来好像更高大、更强壮,也更矫健。

更自然?　　089

一开始，弟弟还有些过意不去，他觉得既然是孪生兄弟，就应该彼此彼此、平分秋色，可每当他也尝试着爬得更高或挥刀更快时，哥哥就会比他更高、更快，到了后来，他终于放弃了。他想，若是单纯地为了割草而割草，那明显是不需要更高、更快了，且家里的草已经很多了，为什么还要更多呢？此外，既然哥哥是在爱他，且爱得又如此勇猛，那么，作为弟弟，他又怎能无情地加以抗拒呢？

时光在缓缓地流逝，兄弟俩的差别也就日渐明显。"您看，那个干活更麻利的是哥哥，走路更迅捷的是哥哥，打架更勇敢的是哥哥，笑起来有点儿严肃的是哥哥……"村口，每当有人这般有理有据地辨别出了兄弟俩，总要得意地大笑一番，其后，这笑声便渗入那梨花的清香，在村子的上空弥漫开来……

七岁时，他俩上学了，可学校里的老师还是说他俩太像，不好区分。哥哥想："这可怎么办呢？作为哥哥，我总得想个办法吧，不然，还是让我变得更优秀一点儿？"他这样一想，心里的那棵叫"更……"的植物便破土而出，发出了新芽——

您看，上课前，他的身子会坐得更挺；听课时，他的耳朵会竖得更直。一次，一只麻雀飞进教室，孩子们有的跳，有的叫，乱作一团，可他呢，却依然正襟危坐，手里还捧着本书，给老师们留下了深刻的印象。等到回了家，写作文时他的字数就要更多一点儿，做习题时他就要更快一点儿。有时，当两人都已完成了作业，他就要去翻参考书了。不用说，天道酬勤，他的成绩自然也就名列前茅。此外，既然他已经爱上了当哥哥，便总觉得同学们都比自己的年龄要小，因此，他主动要求当了班长，之后，便像哥哥一般开始组织班里的活动了……

总之，他成绩优秀，能力突出，同学羡慕，老师夸奖，而他也就越来越爱去学校了。显然，在他看来，学校里的土壤似乎比家里的还肥沃，也更有利于那棵叫"更……"的植物生长。

当然，哥哥也并非全方位优秀，比如，他就不喜欢音乐、美术和舞蹈。在音乐课上，他不理解自己为什么总捏着嗓子，还老是抢节奏；在美术课上，他不理解自己的线条为什么总是硬邦邦的，没有一点儿弹性；在舞蹈课上，他不理解自己的动作为什么总不连贯，还老踩别人的脚……

说实话，一开始他也曾想过要努力一下，但他很快就发现，他越努力，嗓子就越紧，线条就越硬，动作也就越不连贯了。于是，他果断地放弃了在这些课上浪费时间，他说："既然这些课的课时都很少，也不计入总成绩，那不就充分证明了这些课本来就不重要吗？而在不重要的地方，你干吗还要去较劲？"

是呀，哥哥说得也没错，有时，或者说在相当长的一段时间里，抓大放小也是一种成熟的表现。

之后，老师和同学便很容易区分这对兄弟了，很明显，哥哥更努力、更果断、更成熟，也必将有着更成功的未来。然而，也许只有天知道吧，由于哥哥总要比那个自自然然（的弟弟）"更……"，因此，他的思想总在使劲，他的身体总在紧缩，使劲、紧缩，紧缩、使劲……不知不觉中，他那生命本然的空明和从容便都被那棵叫"更……"的植物给挤没了。

可是，我亲爱的朋友呀，若是没有了这份空明和从容，那真正的美和创造性又要从哪儿蕴生呢？

是的，人毕竟不是机器。有时，哥哥，或者说是那个叫作"更……"的思想本身也会累，甚至累得实在是难以"更……"了，这时，他就会产生一个奇怪的念头，那就是……嗯，那就是希望弟弟们最好都能变得更差一点儿，这样的话，他就可以保持优势，继续当他的哥哥了。

当然，这种幸灾乐祸的思想是有点儿不大道德，且他偶尔也会做些反思。不过，在这个充满了竞争的世界里，谁又能摈弃那个造作的"更……"，而只是一味地保持自然呢？

好啦，再来说说弟弟吧。

弟弟普普通通、自自然然，他不知道哥哥为什么总是在想着"更……"。每当有人说"看看你哥哥,再看看你",他总是像棵梨树般呆立在那儿,然后淡淡地说:"人和梨树不同,人只是看起来相似,其实是很不一样的。"有时,他也会换一种说法:"人就像梨树,人只是看起来不同,其实都是一样的。"

然而,他人微言轻,没有谁会认真地听他在讲些什么,甚至有几个知根知底的人还轻蔑地说:"他呀,他的脑袋就像一块木头,说的话要么颠三倒四,要么语无伦次。"

时间过得可真快,若干年之后,兄弟俩都走入了社会。在他们的建设下,美丽的梨花村发生了天翻地覆的变化——街道纵横,高楼林立,各式各样的汽车来往穿梭,而村民们也都显得高效而快乐。于是,那些村民都骄傲地说:"您看,我早就说过哥哥会更成功吧?如今,咱们村能有这么大的变化,还不是主要靠哥哥?"当然,世界也是很公平的,如今的哥哥钱也更多,层次也更高,并且,他已成了全村孩子的榜样。

美中不足的是,哥哥好像也会更忙一些,并且和当初一样,他还是不大能欣赏美,也不知道那些真正的创造性究竟是如何产生的,而由他制造出来的东西既谈不上美,也谈不上创造,还总是透着一种忙碌的感觉。不过,哥哥倒是常常说,他的那棵叫"更……"的大树喜欢忙,并且也正忙着开花结果。

更自然?

这年春，兄弟俩的老父亲得了一种怪病。这天，父亲正站在3302室（33指层数）的落地大玻璃前眺望那无边的城市，忽然想起了自家院子里的那棵梨树，他叹了口气，幽幽地说："清明节不远了，村子里的梨花也该开了。"说罢，他竟然就浑身抽搐起来。

是啊，那一年，也是在这梨花盛开时节，两个又白又胖的男孩出生了。他们呱呱落地，生得几乎一模一样，只是后出生的那个胸前有一颗大大的黑痣，而就在同一天，他家院子中不知为什么忽然少了一棵梨树……之后，他们的爷爷也不知是从哪儿听来的规矩，非说"有痣（志）者，事竟成"，还非叫那个胸前有痣的当了哥哥，并叫全家人都要保守秘密……

唉，这一晃呀，50年都过去喽。

知道父亲得了重病，兄弟俩约在周六回家。哥哥事多，直到晚9点才来到父亲的床边。父亲是真老了，两鬓白发苍苍，脸上沟壑纵横，只是那双眼睛似乎还有点儿精神。

父亲望着他俩，温柔地说："这些年，我其实一直都感到惭愧，你们俩本一模一样，可如今的差别却这么大，看来，还是我的教育有点儿问题呀。"

哥哥看上去有些纳闷，显然，他不知道父亲的教育有什么问题。于是，父亲将目光转向他说："以前，我太忙了，忙得就失去了耐心，而没耐心也就是缺乏爱呀。唉，我那时总是武断地叫你更忍让、更懂事、更勤快,竟然就让你养成了凡事都想'更……'的习惯。孩子,对不起,叫你受苦啦。"

"父亲,我不怕苦,"哥哥向前凑了凑说,"且多吃点儿苦也能让我更成功,而更成功难道不是更好吗?"

父亲轻轻地叹了口气,他伸手握住哥哥的手说:"孩子,成功固然是好,可你的成功都是相较于你弟弟的呀。你想想,若是你不与弟弟比较,你的这些成功又是指的什么呢?"

哥哥的脸有些泛红,他沉默了一会儿,然后低声地问:"可人们身处社会,谁又能避得开比较呢?而若是没有比较,我又要如何才能找到奋斗的方向,并在奋斗中去培养这种种的美德呢?"

"真正的美德是爱。"父亲平静地说,"孩子,一个总想着比别人'更……'的思想,又怎么能够去爱呢?"

哥哥默然无语,是的,他一时不知道该如何回答。

父亲转过头来,他看着那个简简单单、似乎透明的弟弟说:"孩子,你是那棵梨树吗?哦,也许是,也许不是,但无论如何,请你继续保持这份天真和自然(本然)吧——开出洁白的花,沁出清逸的香,结出甘甜的果,在这个充满了'更'的世界里守住一份怡然自乐。"

这时,哥哥的嘴角却微微上扬了一下,一个熟悉的念头在他脑海中划过:"自然?自然难道很难吗?我……我可以更自然嘛。"

更自然?　　095

一如觉知能见到思想，父亲也听到了他的闪念，父亲缓缓地转过头来，啊，在那片苍茫而沟壑纵横的脸上，两行晶莹的泪水就像两条奔流的长河……父亲看着他，看了很久很久，然后说出了一句意味深长的话："但那个自然，没有更……"

顺着父亲的目光，他转身反观自己，终于，他仿佛是第一次看见了那棵叫"更……"的植物，也第一次看见了那个"自我"和自然之间的距离。当然，如果您愿意的话，也可以说是觉知到了那个总是在紧缩的身心和一棵梨树之间的距离。一种爱的感动在他心中涌起，他竟然像个孩子似的抽泣了起来……

午夜的钟声已然响起，他缓缓地站起身来，向着家的方向走去……

咦？他家不就是现在的这个3302室吗？

不。他真正的家是爱，是被这象征着觉知的父亲重新唤醒的爱，而他，哦，也就是那个曾自以为是"哥哥"的思想，也只有重回这爱的怀抱，才能最终消弭那个不断造作的"更……"，并真正地理解这美好的自然。

是啊，对于一个正在回家的灵魂来说，这爱就像父亲，而一棵梨树则像哥哥。

纯的创造

许多许多年以后，当最后一个人也奔赴火星时，动物园里极聪明的动物之一黑猩猩蒙被放归了森林。回到森林，蒙以《人类的科技与创造》为题做了一周的讲座，引起猩世界的广泛关注，其后，猩议会制定政策鼓励创新，着力发展科技。

新政策很好，不久，猩世界便发生了天翻地覆的变化。而就在大家兴高采烈之时，蒙却说："去掉那些引进的、改良的、演绎的、应用的，呃……似乎还缺少一点儿原创。"

"什么？片面、挑剔！"一些研究人员站出来，气呼呼地指责蒙的言论，有的还上纲上线，说他居心叵测。幸好，猩议会的议长通情达理，议长说："强调一下原创有什么不好？只要我们戒骄戒躁、继续研究，政策总是会越来越好的嘛。"于是，蒙不仅得到了大家的谅解，还被任命为"创新研究室"主任。

研究室设在科技署院内，院子里鲜花盛开，绿草如茵，还有几十棵郁郁葱葱的面包树供各学科的员工爬上爬下、活动筋骨。不过，蒙主任很忙，几乎没工夫在院子中休闲，他一天到晚埋头工作，不是在实验室里搞研究，就是在一个专门研讨创造的 C1 会场里开会。

C1 会场面积不大，只有一个公猩猩在这里端茶倒水。这名服务员名叫纯，他年龄不小，精神挺好，且总是静悄悄的，面带微笑。他服务时动作从容、优雅，既让人感到一种说不出的舒适，又不会引起与会者的注意，嗯，就好像那透明的空气。是呀，做空气挺好，因为空气不仅重要，而且还懂得低调。

然而，作为这里唯一的服务员，纯倒是参与了 C1 会场里的每一次研讨，且尽管他不大懂那些高大上的科技，但他对创造这个议题还是蛮感兴趣的。每次，当他给专家们倒完水或是会场休息，他都会独自在一边儿凉快，可凉快有什么不好？凉快了，你才能冷静地思考——创造，难道不是在每一个地方，对每一个生命都很重要吗？

这天下午，会议被拖到了 6 点半才结束。看着蒙正一脸疲惫地收拾着那鼓鼓囊囊的公文包，纯凑上前说："蒙先生，我是服务员纯。不瞒您说，我也挺关注创造这个话题的，只不过您的创造是向外的,我的呢则相对向内。请问,我可以和您就此聊聊吗?"

蒙有些烦,因为他明天就要退休了,可肩上还扛着不少压力,是的,他还有许多议题没有研讨,许多项目没有结题,许多专利没有申请,且他一想到人类已上了火星就有点儿着急。其实,有了他这些年的引进,猩世界的科技已经发展得很快了,可他还是想搞出点儿像样的原创性成果,以报答议长的知遇之恩,而自己也能被名正言顺地写进《41世纪科技发展史》。于是,他几乎天天都在为课题发愁,还常常给自己打气说:"只要数量足够大,原创性的成果就会自然地涌现。"可这眼看着一天天、一月月、一年年都过去了,他明天就要退休了,那个原创性又在哪儿呢?

唉,真是叫人心烦。

可他虽然烦,但还算是平易近人。他看了看眼前这个几乎透明的纯,倦怠的脸上挤出了一缕笑容:"您,创造?向内的?好吧,明天上午刚好有个研讨,欢迎您一边倒茶,一边也加入发言。"

"难道我现在就不能陪您走一会儿吗?"纯平静地问。

"这……"

这时,夜幕已降临,您若是仰望星空,就会发现那儿并没有几颗星星,而任何一盏路灯都比那所谓的明月更亮。

第二天上午，与会者踊跃发言，他们视野广阔、逻辑严密、数据翔实、无懈可击……等到大家都说完了，会场渐渐地安静下来。

主持人蒙看了看手表，9点40分，他清了清嗓子说："创造，其实并不限于科技，它也是我们猩世界全民素质的问题。接下来，我想请服务员纯谈谈他的看法，希望大家谦虚一点儿，听听来自不同领域的声音。不过，我今天刚好退休，现在要去人事处办下手续，因此，呃……非常抱歉，各位，待会儿见。"说罢，他站起身，一边弯腰表示歉意，一边快步走出了会场。

几位专家正欲起身，听了蒙的话后都皱起了眉头，他们目送着蒙悄然离去，心想："好吧，看在老前辈的面子上，就再耽搁个20分钟吧。"

少顷，那个纯拎着大茶壶走了进来，他冲着大家微微一笑，便在会场兜起了圈子。他先走到蒙的空座位处，轻轻地放下手中的茶壶，继而又走到会场一侧的走道上，拉开了那一整面墙的窗帘——哎呀，阳光真好，原来，这C1会场竟有一整面墙都是落地大玻璃窗呀！

之后，他推开了几扇窗，又关掉了会场里的各种筒灯、射灯、壁灯、吸顶灯……这才慢悠悠地走到蒙的空座位处坐下……就这样，竟然又浪费了大家10分钟宝贵的时间。

自然光很美、很亮，会场里，似乎有些空气在流入、流出，流入、流出……终于，都带了些淡淡的花香。

10点整，纯抬起眼帘，开口道："尊敬的先生们，大家好。首先，我认为活着就是创造，创造力就是生命力，创造性就是生命的本性。因此，虽然各位从事的领域复杂，我从事的领域简单，但若是悬置对象，而只是关注创造的主体，也即生命本身，那么，我和大家是完全平等的。"开场白还凑合，一些人在听，会场里也还算安静。"那么，创造的主体条件是什么呢？我第一个想到的是爱，爱是生命的本性，也是创造力的源泉。"

这时，纯的对面，一位戴眼镜的专家撇了撇嘴："爱，又是爱，什么爱人类、爱真理、爱专业……空洞，无聊。"他一面想一面四下里张望，但见其他的专家都很认真的样子，便扶了扶眼镜，重新坐直了身子。

纯接着说："大体上，爱有两种形式。一种，我称之为慈爱，那是一种具有空间感的、怡然自足的状态——生命能量均匀地散溢着，宛似花绽开了花瓣。借此，心可以去通感万物内在的秩序，从太阳系、地球生态系统、一棵树乃至一粒原子……它没有方向、没有对象、没有焦点，以至于您可能会认为它毫无价值，可是，若是缺少了这种自在、自足的存在感，心又要如何才能摆脱线性思维，从而获得对整体秩

纯的创造　101

序的深切体悟呢？"

这时，眼镜先生敲了敲桌子："纯先生，您这立论也太高了吧，有多少猩猩能够达到您所谓的这种境界？好啦，先不和您说这些，请您继续，那爱的另一种形式又是什么呢？"

"另一种形式嘛，我称之为挚爱。您遇到问题，直面问题，生命之光被聚焦，觉知持久而强烈。于是，那光穿越了逻辑之网，洞见到那更深的真实。显然，这种挚爱人皆有之，不过，我们却需要明辨它和欲望的不同。嗯，爱总是处在当下的，而欲望呢却总是好高骛远，且多少夹杂着对名利的渴望。显然，欲望会导致分心，进而引导自我去投机，它怎么能有足够的耐心去看清当下的真相呢？"

这时，眼镜先生又有点儿激动了，他挠了挠前胸，大声地问："先生，有哪一个猩猩的爱能不掺杂些欲望呢？您又要如何才能使自己的爱达到那种纯净呢？"

纯微微一笑，说："当然，爱是很难刻意去培养的，因为刻意正是出自那个欲望。

"记得我刚工作时，妻子让我评先进、拿奖金，而在那段时间里我看起来似乎也很爱工作，可实际上呢，我只是一门心思地在研究规则，并只干规则所要求的事。我畏首畏尾，生怕出错，几乎从不去思考这些规则是否真的对社会有益。直到有一天，我在会场的大镜子前偶然间瞥见了自己，啊，那是一双多么矛盾的眼睛呀——微笑中掺杂着不甘，谦恭中掺杂着贪婪……那晚，我落泪了，确切地说，是那个生命本身落泪了。

"第二天黎明，窗外传来鸟鸣，那鸟鸣声是多么鲜活呀。是啊，爱只在此时此地，它警醒、觉知、歌唱、创造，它怎么能存在于那个离开了当下的欲望中呢？起床后，我对妻子说，我爱你，但我更爱生命，而生命是不能自相矛盾的。令人欣慰的是，妻子理解了我，也随之撤回了她加之于我的种种要求……

"所以，各位，爱的成长有它自己的节奏，只有礼敬它，跟随它，辨识并消除阻碍它的荆棘，才能腾出空间，让爱自然而然地成长。"说到这儿，纯站起身，他拿起那个大茶壶，给九位专家续了茶水。与此同时，有几位专家因为有事，一边低头看手机，一边匆匆地离开了。

那位眼镜先生倒是没走，他挠了挠后脑勺上的黑毛，显得饶有兴味。

短暂的沉默。大约10点40分，纯继续说："第二个，我想到的是美。"

眼镜先生皱了皱眉，嘴巴张得老大，他想："美？艺术的范畴，和科技又有什么关系呢？"

纯看了他一眼，平静地说："美，内在的美，不是那美的山、水、花、树，而是那美本身。美是爱的充盈，也是创

纯的创造　103

造性的重要特征。显然，只有当生命先成为那美本身，您才能看见并创造出相同品质的事物，进而体会到那创造的喜悦。"

"回顾自己，每当我的心中充满了爱和美，我的身体就会如山溪般发出潺潺的声响，而动作也就自然优雅、舒展了。有一次，蒙先生似乎也感受到了我内在的美，一瞬间，他的生命也趋于和谐。是的，在那一瞬间，我的确是见到了一双澄明的眼睛……可惜的是，他的思想之流如此湍急，还不到5秒钟，他便离开觉知，又回到了那思想的急流中去了。"

这时，眼镜先生终于点了点头，脸上也泛起了一缕会意的笑容。于是，纯接着说："是啊，美。美是整体，它能将思想从线性思维中解放出来；美是纯净，它能引导思想化繁为简、去伪存真；美是澄明，它能拨开思想的帷幕，让心见到本质；美是喜悦，它能让生命摆脱欲望的纠缠而与真相合一。所以，先生们，一颗不能体悟美的心要如何才能从线性思维中跳脱，从而创造出那具有生命感的新事物呢？"说到这儿，纯停下来，他再次起身给几位专家续了茶水。与此同时，又有几位专家离开了，会场里越发显得空旷起来。

眼镜先生坐在那儿暗想，这个纯是如何觉察到谁需要续水的呢？难道说，对纯的生命而言，发言和倒水并无高低贵贱之分？

大约 11 点 10 分吧，纯继续说："第三个，我想到的是自由。对，自由的时空是存在的底（'图底关系'的底），也是爱、美和创造性产生的前提。

"记得当初，师父教我沏茶，他只是演示了一遍，然后说'感知时空，感知自由'。师父的话我琢磨了很久，我想，假如师父是演示了 6 遍乃至 60 遍，并且要我的动作和他的完全一致。各位，请想象一下，我一定会变成一个机器，又如何能谈得上自主地创造呢？

"可是后来，也不知是什么原因，后勤组的规则变得越来越多，1 条、2 条、3 条……直到第 50 条。我不知道这些规则是否对创造有利，但我知道，只有拥有足够的时空，才能让生命从容不迫地成长。然而，那种想要掌控的思想是多么强烈呀，它总是规定这规定那，就好像它真的知道生命将要如何展开似的。殊不知，生命是变动不居的，它怎么能遵循某个既定的模式而不感到受限呢？而一个自感受限的生命将陷于妥协甚或抗拒，又怎么会拥有那真正的爱、美以及创造的喜悦呢？

"这有点儿像我家门前那条街上的行道树，都栽下去十几年了，却仍是光秃秃的，没有几片叶子，这都是因为当初的设计者和施工者急于求成，树池留得太小，土壤留得太少，混凝土都把生命给挤住了呀。"

这时，眼镜先生耸了耸肩问："没有规矩，不成方圆。

请问，又有哪一个猩猩能避得开规则而获得您所谓的那种自由呢？而且我认为，我们，包括蒙先生本人也都很自由了呀。"

"是吗？"纯微微一笑，他学着蒙的样子说，"可我，蒙，怎么就没感到那爱、美以及创造的喜悦呢？"

眼镜先生一愣，他忽然觉得有些恍惚，他想："哎呀，这个纯的模仿能力也太强了吧，这口音、这语气、这神态，这分明就是蒙先生本人嘛！难道说，他就是……"

这时，一阵泥土的清香扑鼻而来，纯看了一眼窗外的草地，继续说道："大约十年前吧，我曾是 A1 会场里的一名优秀服务员。因此，组长给我评了先进，还让我做了副组长以协助他制订从第 51 到第 100 条的新规则。一开始，我挺骄傲，打算在新岗位上变得更强大，并为后勤组做出更多的贡献。您看，'自我'有时伪装得挺好，它看上去似乎也知道爱和美。然而，从本质上讲，'自我'就是一种有着中心和边界的物体意识，它既然执着于让自己变大，又怎么能立足于整体而与他者合一呢？

"虚骄日增，空明日少。一天，日益困惑的我开始自问：'我究竟是爱自由呢还是爱虚荣？一个不爱自由的心能给他人带来自由吗？'答案是显而易见的，于是，我主动地放弃了副组长的职务，继而又离开了那个看似更有前途的大会场。我回归渺小，在简单的工作中反复地体会师父所说的时空自由,而渐渐地,渐渐地,我终于发现了那个空灵。

"是啊,生命既是图(灵动)也是底(空明),而只有先发现了那个空明的美,才能停止自我膨胀,让生命展现出那自由而灵动的创造。"

11点40分了,该是猩猩们爬上树去吃午饭的时间了,可那位眼镜先生却好像还不愿离开,而会场里也就只剩下他一位听众了。于是,纯站起身,走到他的面前说:"这些年,蒙先生一心都扑在课题上,以为数量就是一切,而我则一直在这儿为他服务。可是他太忙了,竟然从未发现我和他长得一模一样,是的,我(觉知)和他(思想)是一对双胞胎,只不过他当初离开了自然,去增加大脑中的记忆细胞去了。近两年,我见他时而紧张,时而焦虑,也很关心他的身体,可他呢,却总是沉浸在头脑中,我多次向他眨眼睛、打招呼,他都视若无睹。直到昨天傍晚,我请他去了我家,当然,我家也就是指那爱的觉知,和他好好地谈了谈心。我想,蒙就是被各种欲望搞得太累了,所以才蹉跎了多年,错过了那真正的创造呀。"

"可您……您不就是蒙先生本人吗?"眼镜先生感慨地说。

"不,也许昨天是,但今天,我是纯。"

"谢谢您,纯先生。"

"不,尊敬的先生,是我要谢谢您,谢谢您像那辽阔的

纯的创造　107

天空，给了我倾诉的自由。"

会场里鸦雀无声，当、当、当、当——眼镜先生能听得到自己的心跳。终于，他缓缓地摘下了那副并无镜片的眼镜，觉得自己也无须再去扮演一位专家或是议长，嗯，是的，在那一个又一个的角色下面，他首先是一个纯粹的生命。

中午12点了，悠扬的钟声已经响起。院子里，一棵棵面包树静静地伫立着，在草地上洒下墨绿色的树影，而就在那条长长的回廊上，蒙先生正孑然走着……他深知，那些忙碌的思想尚无暇去倾听，一如昨日忙碌的自己。但今天，他已做了自己该做的一切，就像那院子里的面包树一样，迎着秋日金色的阳光，欣然落下了自己的果实。当然，没有谁能够看见，那个透明的纯正在与他同行。也许，在不远的将来，他（思想）将与纯（觉知）合一。

"不，别想着将来啦，"那个纯微笑着说，"来，此时此地就让我们合一。"

告别方迷宫

有人说，保护区就是天堂。一方面，那里四季如春，草长莺飞，动物们已无须再迁徙；另一方面，狮子和猎豹要么被赶到了草原，要么被关进了城市的动物园，保护区里是既安全又舒适，动物们眼看着都要变胖了。

为了预防三高、控制脂肪，一些健身活动遂应运而生，而有活动就有规则，有规则就有评价，有了评价，看谁还会无所事事地一味长肉？于是，渐渐地，那牛头、马面、羊须的角马便成了保护区里的先进，他们有着牛的健壮、马的迅疾、羊的勤勉，不仅素质全面，而且也爱规则。

春光明媚，柳绿花红，一位年轻的角马抚着秀发唱道："哪里有爱，哪里就是天堂。"

这年早春，几位勤奋好学的角马一起去观摩了城市，他们发现：人类的城市原来是一座方形的迷宫，当人们在道路、街区、建筑、房间中沿着 x、y、z 轴运动时，不仅个体能够健身，整个城市也能保持高度的秩序。

观摩就是为了学习。同年夏，保护区便辟出了一块试验田，也建起了一批方形的迷宫。这批方迷宫有的大、有的小、有的难、有的易，迷宫和迷宫间的距离有的远、有的近，还有的则是两三个嵌套在一起。通往试验田的路边竖起了一块 8 米多高的广告牌，嗯，那画面是真美：一块方形的湖面上，一个个方形的涟漪正一圈一圈地漾开、漾开……

到了秋季，关于是否要将方迷宫的做法进一步推广却有了一些反对的声音，一只梅花鹿站出来说："其一，在方迷宫里都是些直线运动，时间长了会影响姿态的飘逸；其二，方迷宫里的转折都是些直角，时间长了会影响转向的轻盈；其三，许多方迷宫都被设计得过大，也过复杂，有些动物可能会失去内心的清明，以致终生都走不出来；等等。"

对此，设计者们，也就是那些曾经观摩过城市的代表用诚恳的语气反驳道："系统论认为，整体大于局部，与整体的秩序相比，个别动物所追求的飘逸和轻盈又有多大的意义呢？至于有些动物会迷失嘛，那纯属迷失者个人的事儿。再说了，迷宫里到处都是青草，您出来干吗？"

又过了两天，一头大象站出来说："迷宫里的路径太窄、也太迂回了，而没什么意义的弯弯绕的死胡同又搞得太多，为什么就不能搞得简单点、宽敞点,好让大家都坦然地走路呢?"

对此,一位设计者笑着说:"一个成年人要学着从自身去找原因,比如,我为什么要长得这么大,又为什么总喜欢简单呢?况且,规则总是面向多数人的,哪里会有十全十美的规则?"于是,少数服从多数,很快,那些令人讨厌的质疑声便都偃旗息鼓了。

秋风送爽,枫叶正红,保护区终于启动了方迷宫的全面兴建,与此同时,角马以及准角马的数量开始骤增。

什么?准角马?

嗯,是的,为了能像人家角马一样素质全面,现在,牛开始学习马的迅疾和羊的勤勉,羊开始学习牛的健壮和马的迅疾,马开始学习牛的健壮和羊的勤勉,总之,保护区里热火朝天,"学习"的气氛很浓。

至第二年夏,所有的方迷宫都竣工了,保护区看上去就像一块集成电路板,粗看密密麻麻,细看又秩序井然。还是这么说吧,凡长草的地方都建了迷宫,凡留下来的动物也都进入了迷宫,是啊,有谁能不吃草呢?至于那些一根筋的反对者嘛,哦,对不起,要么你重回草原去忍受狮子的追赶,要么你就得进入城市被关进动物园的铁笼子里去。于是,听说那犀牛和大象都无奈地离开了,但他们去了哪儿,没有人知道。

绿草如茵，鸟语花香，看着迷宫里这儿一片草，那儿一片草，一位中年角马抚着花白的双鬓叹道："夏天可真美。"

然而，才过了两年，就又有了一些质疑的声音。一只狒狒站出来说："保护区里的动物是越来越像了，且都很像角马，而这样太过一致，会阻碍创造力的产生呀。"

对此，一位设计者字正腔圆地反问道："越来越像？怎么可能？亲兄弟还有着很大的差异呢，何况是来自不同地方、不同家庭的动物？"也是，人家设计者说得没错，您看，即便是在同一个小小的迷宫里，角马们也呈现出不同的个性：

有的角马严谨。他们仔细地研究着规则，以免超出规则浪费了生命。他们直走、左转，直走、右转，一板一眼地沿着 x 轴和 y 轴运动。至于飘逸、轻盈乃至创造性嘛，嗯，他们说，既然规则尚未涉及，那还是留待日后再说吧。

有的角马洒脱。他们总是一副知足常乐、大腹便便的样子。有时，他们跟在别人的身后以省去观察的烦恼；有时，他们则干脆趴下来吃草了。他们说，既然现在就已经很舒适了，那干吗还要去想飘逸、轻盈和创造性呢？

有的角马机敏。他们时而踮起脚尖向内张望，时而又扒开那细树枝扎成的篱笆墙向内窥视。当然，看得多，走的弯路也就少，而若是能一不小心将身体也挤过去，说不定还能抄些近道。至于飘逸、轻盈和创造性嘛，他们说，急什么呢？

等你到了那迷宫的中心不就什么都有了吗？

有的角马自信。他们踌躇满志地投身于那些嵌套状的迷宫，自以为那样便可以为保护区做出更多的贡献，也顺便能多吃些不同口味的青草，然而，他们究竟是吃得多还是贡献得多呢？哦，也许只有他们自己心里清楚吧……

朋友，您看，这方迷宫里还真是挺自由的，不然，这么丰富的多样性，您又要如何去解释呢？

无论如何，有活动总比无聊好，有规则总比混乱好，是吧？而自从保护区普及了方迷宫，大家也都显得心平气和。是啊，活动和规则都在那儿，您要么玩，要么不玩，那可是相当自由。况且，规则面前人人平等，您还和谁较劲？难道说，您会和那些无意识的规则较劲吗？再说了，尽管有些规则还有点儿缺陷，但随着科技的发展，人家迷宫的设计也在不断地完善呀。您看，这隔墙时高时矮，时厚时薄，所用的材料也在树枝、土、砖、石、混凝土和金属之间反复地更迭，就连路径的设计也变得有趣多了，或宽或窄，或明或暗。总之呀，为了引导大家前行，人家设计者还是花了不少时间，想了不少办法的。

秋高气爽，凉风习习，看着迷宫中间那块方方正正的大草坪，一位老年角马捋了捋满头的白发叹道："秋天可真好。"

当然，这位老年角马偶尔也会暗想，自己这漫长的迷宫生涯也的确是少了些飘逸、轻盈以及那真正的创造性，而生

告别方迷宫

命似乎也存在着某种其他的可能，不过，现在再去想那些又有什么用呢？于是，他甩了甩头，回望那些还在路上跋涉的后辈，打心眼儿里觉得自己还是相当严谨、相当机敏的。终于，他哈哈大笑，久久地沉浸在那种基于比较的快乐之中……

哦，比较——既然又说到了比较，那就让我们再来看看那些比较不成功的案例吧。

某年某月某日，一头小长颈鹿不知从哪儿跑了过来，几头小角马热情地邀请他进入他们的迷宫，小长颈鹿在入口处踟蹰了一会儿，当他看见迷宫外光秃秃的，也就爽快地答应了。

一开始，小长颈鹿兴致勃勃，他觉得这一定是项利人利己且充满了爱和美的活动，然而，随着他的年龄变大，个子长高，前面的路径被他看得清清楚楚，而这在 x、y 轴上的直线运动也就显得索然无味了。此外，他的长脖子也更适合仰着头吃树叶，低头吃草倒是很不方便，可他呢却还是蛮坚韧的，勉勉强强又向前走了几年，直到后来，他的身体变得越来越僵硬，血压变得越来越高，竟然突发脑溢血，还差一点送了命。

从住院部回来的路上，一场大雨袭来，整个世界连同他的心好像都要被淋湿了。雨中，他茕茕孑立，不禁发出了一声深长的叹息："唉，这蹉跎岁月，我是白白耗去了这么多年的生命啊。"

"前进？后退？"这是一个问题。时钟嘀嗒，他需要回答。

不知过了多久，天空才渐渐放晴，当最后一滴雨像莲花般在他的鼻梁上绽开时，他终于下定了决心——回家。

一只瞪羚跟在长颈鹿的身后，他本以为长颈鹿脖子长，看得远，跟在后面准没错，可没承想这跟着跟着又回到了起点。他很生气，大声地质问道："喂，大个子，你难道不知道越靠中间草就越丰盛吗？你这样半途而废，损失得有多大呀！"

长颈鹿回头，他看见瞪羚那圆睁的大眼时便不由得乐了："哦，朋友，我这么长的脖子却要弯腰弓背地吃草，就算我同意，我的血压也不同意呀。再说了，退出来是我自己的事儿，我又没招惹阁下。"

瞪羚一听，更生气了，他跺着前蹄说："老兄，习惯成自然。只要时间长了，谁都可以适应。况且，干什么不需要耐心？怎么能因身体不适就这样轻率地放弃呢？"

可长颈鹿却不想和瞪羚再争论了，因为，他饿，而既然他已从这迷宫里走了出来，这一时半会儿呀他还真是找不到一棵树、一片草，乃至一株像样的灌木。

然而，对生命的爱已经觉醒。他抬起头，先看了一眼那城市的方向，只见高楼大厦层层叠叠，形成了如心电图般的剪影。是啊，在那里，某一座动物园的大门应该会向他敞开吧，可他又怎么会再次失去这宝贵的自由呢？于是，他转过头，遥望了一眼那草原上影影绰绰的树影，终于又迈开了步子……

瞪羚却一时间没了主意——是继续和长颈鹿争论呢？还是冲回迷宫将失去的时间补回来呢？再不然，既然已经出来了，索性就跟着他再走一段儿，看看他如何才能过得了那条鳄鱼河？

鳄鱼河很宽，黑黝黝的水中隐隐约约地伏着许多鳄鱼，可是，那头长颈鹿准是被饿晕了，他径直下了水，仿佛一点儿都不害怕似的，向着河对岸走去。

瞪羚惊呆了，他的心被提到了嗓子眼，他目不转睛地盯着长颈鹿的脚下，果然，水花哗啦啦一溅……但什么也没发生——原来，这条河并不深呀，而那些所谓的鳄鱼也不过就是河底黑灰相间的卵石构成的图案罢了。

朋友，您看，在我们的思想中有着多少像这鳄鱼河一样的危险呀！只要它们存在，我们就会囿于那所谓的"安全感"，不敢走向那辽阔的草原。

"真相原来是这样呀！"瞪羚禁不住欢呼起来。波光粼粼，水声潺潺，涉水的瞪羚开心得就像一个孩子。

蓝天澄澈，碧草连天。等到过了河，瞪羚立刻就奔跑起来——他奔跑，前面并没有目标；他奔跑，身后也没有狮子；他奔跑，仅仅是因为这内在的生命想要去奔跑，而那无边的草原又赋予了这奔跑以自由……于是，渐渐地，渐渐地，他的身体便恢复了那飘逸和轻盈，他的心也随之恢复了那份澄澈和空明。

夕阳西下，晚霞满天，不远处，那头长颈鹿正在一棵大树下悠悠地吃着树叶……

第二天清晨，太阳正冉冉升起，纯净的阳光照耀着这美丽的大地。瞪羚眨着那双水灵灵的大眼问："老师，您来这边，就不怕狮子吗？"

长颈鹿环视了一下草原，温柔地说："孩子，别傻了，这是一段向内的旅程。向外，你会看见城市、迷宫和狮子；向内，除了你自己，哪还有别人？"

"没有别人？那您呢？"瞪羚一边问一边摇着他那对漂亮的尖角。

"我？我就是你呀。你看，师和生相对而成立。有一天，当看者看见自己，主体将与客体合一，而'一'是既无高低亦无索取的，到那时，师和生的概念也就会随之而消失。"

"不，老师。难道您要我一个人身处这无边的大草原吗？"

"嗯，甚至也没有'你'，现在，请试着感觉一下，你是……你是那草原本身。"

这时，太阳已升得高了，阳光明媚，万里无尘。那个觉知看了看此岸，又看了看彼岸，然后从过去和未来、天空和大地、长颈鹿和瞪羚……从一切客体中收回了目光，忽然，他看见了自己，而自己，这个觉知的时空，正是那片草原本身。

当然，人们有时也把那片草原称作慈，称作爱，称作仁。

猪 与 象

群山苍翠，小路崎岖，一头小象独行。

一天，他和小猪相遇了，他俩见对方都有圆圆的身子、大大的耳朵、小小的尾巴，都高兴地唱起了歌、跳起了舞。之后，他俩便成了朋友，肩并着肩走进森林。他俩见猴子伸出臂在攀缘、老虎张大嘴在长啸、雄鹰展开翅在翱翔、溪鱼摆动鳍在游泳，都不禁暗自庆幸：谢天谢地，总算是遇到了知音。

山青水绿，柳暗花明，小猪与小象同行。他俩相互尊重，情投意合，一起过着快乐的生活。

然而，地球在旋转，谁能定住那时间的轮？到了第二年春天，一件奇怪的事儿发生了——小象的身子越长越大，大得有点儿过分；他的鼻子越长越长，长得有点儿离谱。为此，猪常常笑他："象，你怎么越长越怪啦？"

"呃……"象无奈地摇了摇头,他自己也感到有些尴尬。

这天傍晚,朋友聚会,梅花鹿显然是喝多了,她醉醺醺地说:"你是猪,他是象,你们俩的差异这么大,怎么能在一起生活呢?"

猪笑了笑说:"尽管我可能是猪,他可能是象,但与你们诸位相比,我俩还是最般配的。再说了,生活如此冗长,没个伴儿怎么能行?"

这时,狐狸举着酒杯站起来说:"对,猪和象不过也就是个代号,就像小芳和小明一样。至于这鼻子嘛,长、短各有其利弊,这利弊一抵消,不就一样了吗?此外,个头大小也不重要,个头大虽干得多,但吃得也多,这不也很容易平衡吗?"

狐狸说完,掌声四起,牛、羊、马等一大帮朋友都举起酒杯说:"还是老狐说得对。来,我们几个敬您一杯。"

八月的森林色彩缤纷,处处都洋溢着丰收的气息。

一个周一的上午,猪和象一起去觅食,在离家不远的一处缓坡上,他俩发现了一片果林。那片果林果树很多,树下到处都是掉落的果子。他俩很高兴,以至猪跳起了华尔兹,象唱起了赞美诗,等到跳完了,也唱完了,他俩这才低下头,开始享用这天赐的美食。

猪吃得很轻松,她边吃还边摇着尾巴,可象呢,却好像没那么得劲，您看，他个子高，不得不先用长鼻子吸住一个果子，再把鼻子卷回来才能将食物送进嘴里。而且，他还有些挑食，那些太熟、太烂的他都不吃，因此也就吃得更慢了。

下午4点，猪吃饱了。她抹了抹嘴，便叫上象一起回家，可象还没吃饱，便有些不大想走，于是猪说："咱俩一起来，最好也一起走，这样肩并着肩，也显得咱俩关系融洽呀。"

猪说得有理，象嘟囔了一句"好吧"，便与猪一道回家了。

等回了家，见象还噘着嘴，似乎是有点儿不大高兴，猪笑嘻嘻地说："象，都怪你个子高、胃口大。这样吧，我给你出个主意，明天，你跪下来吃，不就可以和我一样大快朵颐了吗？"

象一听，果然就高兴起来，他感慨地说："猪，还是你聪明，毕竟得先吃饱了呀，至于这姿势嘛，也的确是没那么重要。"这时，夜幕已然降临，为了能在第二天早点儿上手，象借着月光很认真地练习了一番猪的吃相。

周二上午，晴。猪和象一大早便又来到那片果林，可让他俩大吃一惊的是：那地上的果子全没了。原来，就在昨天傍晚，森林里的其他动物如牛、马、羊、鹿、兔子等也都闻到了果香，他们一哄而上，把地上的果子给吃了个精光。他

猪与象

俩只好沉下心来，耐心地寻找，8点，8点半，9点，9点半，10点，10点半……他俩找了半天才找到了三个已全是酒味的果子。象看了看，摇了摇头；猪闻了闻，一吧唧嘴，吃了。

临近中午，气温升得高了，象感到有些头晕，他抬起头，轻声地叹道："唉，这偌大的一个林子，怎么果子就这么少呢？"忽然，他发现树上竟有许多果子——有的果子已红中带紫，仿佛一阵风就能吹落；有的则刚刚成熟，红通通、水灵灵的；有的则虽然还有些青涩，却也隐隐地带了一抹淡淡的红晕……

"哎呀，这也太奇怪了！为什么我之前就不知道往树上看呢？"他这样想着，便摘下一颗果子送进嘴里，"哦，我的天哪，真是好鲜、好甜哪！"

"象，你发现了什么？怎么这么开心？"猪闻声跑了过来。

"哦，是这样，"象高兴地说，"我之前总是低着头，就没发现这树上的果子。来，亲爱的猪，咱们一起吃这树上的吧。"

猪朝上瞥了一眼，但她只是嫣然一笑，却没有动身。

象不解，他小心翼翼地问："亲爱的，你干吗还不吃呢？"

猪问："象，你说这片林子里还有谁的个子和你一样高？鼻子和你一样长呢？"

"呃……"象歪着头想了一会儿，说，"好像没有。"

猪说:"你看,就因为大家都够不着,这树上才能留下这么多的果子。可既然是这样,你为什么就不能自己先吃一个,然后再喂我一个呢?"

象明白了,他跺了跺前足说:"哎,还是你聪明,我怎么就没想到呢?"

时间不早了,他俩开始进食——象一个,猪一个,果子很甘甜,生活很快乐。

下午5点,猪吃饱了,她抹了抹嘴,便叫上象一起回家。可等到回了家,见象又有点儿不大高兴,猪关切地问:"亲爱的象,你怎么了?"

象摇了摇那长长的鼻子,说:"我也不知道为什么,近来总是觉得很饿。"

"亲爱的,你得学会知足。"猪温柔地说,"你看我,尽管自己没有选择果子的自由,而你摘的果子还常常少了那种好闻的酒味,可我不还是很知足,吃得不亦乐乎吗?"

"是呀,你的心态的确是挺好。"象皱着眉头说,"可我……我为什么就老是不知足呢?"

"亲爱的,假如你不老是想着自己,也许,你就能学会知足了。"猪笑着说。

周三,哦,还有周四,猪和象照例去了那片果林。他俩你一个,我一个,公平合理,温馨甜蜜。然而,到了周四的

猪与象

傍晚，天忽然变得阴沉起来，而象也感到有些胃痛，于是，他凑近了猪，不好意思地说："亲爱的，假如我明天每吃两个再给你吃一个，你看行吗？"

猪看上去很平静，她说："咱俩从小就吃得一样多，也一直都很融洽，可现在，你只是个子比我高一点点，凭什么就吃我的两倍？并且，你摘果子时我也没闲着，我甚至比你还忙，我得看远处有没有狼，看地上有没有掉落的果子，况且，我还得吃，我容易吗？再说了，若是你每吃两个才给我吃一个，朋友们会怎么说？森林会怎么说？天空会怎么说？你就不怕丢人吗？"

象想了想，他打心眼儿里觉得猪说得都对，只是……他仍然觉得胃痛。

喝了两杯温水，象感觉好些了，他再次靠近猪，相当难为情地挤出了一句话："可我……我总觉得哪里有些不对。"

听完他这句无情的话，猪是真的伤心了，她流着泪说："你变了，变得自私了。"

"可我的确觉得饿嘛。"象噘着嘴说。

"你一个我一个，整个森林都这样，可你……你为什么就这么特殊呢？你这么自私，那当初又为什么要和我交朋友呢？"猪背对着象说。

终于，象又一次感到惭愧了，他垂下头，暗想："是啊，一开始我也不饿呀，怎么后来的食量就变得这么大了呢？"

是夜，起风了，树叶沙沙，声如古琴……于是，象躺在床上辗转反侧地听了一夜。

周五早晨，风平"林"静，猪和象又一起出门了。猪走在前面，她想："凡事都得讲理，既然是朋友也就不能太算计。好在这象呀，虽然有点儿一根筋，但毕竟是受过一点儿教育，因此，这每次闹矛盾呀，他还是能回心转意的……"

象走在后面，他想："是啊，记得当初我俩也的确是挺和谐的，怎么现在就这么不一样了呢？不，人家猪其实没什么变化，可我……我怎么就发生了这么大的变化？"正想着，果林到了。象暂时忘掉了烦恼，他摘两个，吃一个，一直忙到黄昏。

回家的路上，翠芦莉开满了山坡，就仿佛是那满天的星星从空中坠落，于是，象终于倒地了，而猪则有一点儿纳闷，她哼哼地唤了两声，见象还在一呼一吸，便以为象是睡着了。她想："什么呀，怎么能说睡就睡呢？也不注意形象，还差一点儿把我给压伤了。"之后，她沿着一条窄窄的近道回家了，一边走还一边想，"哼，要不是为了和他肩并着肩，我其实每天都可以走这条近道。"

回到家，猪坐在沙发上休息，她见茶几上有份体检报告，便随手拿起来浏览——

姓名：象。

猪与象

诊断1：营养不良，未按自己的所需进食；

诊断2：心律不齐，未按自己的节奏行动；

诊断3：神经衰弱，未按自己的兴趣生活……

丢下报告，猪笑了，她自言自语道："自己、自己，动不动就自己，可作为一个社会人，谁又能总想着自己呢？"

夕阳已近山了，金色的阳光正斜斜地照着大地。

象静静地躺在路边，远远地看去，就仿佛是一座嶙峋的小山。

一只喜鹊飞来，它在象的大耳朵上跳来跳去，之后又叫了两声，一挥翅，飞走了。

象打了一个激灵，这时，他听到咚、咚、咚的响声，既像是心跳，又像是谁的脚步声。他费力地站起身来，便见一个庞然大物正向自己走来，哦，它有着山一样的身体，却身姿温婉，步履轻盈，就仿佛是一团半透明的云。

少顷，那"云"站定，他上上下下地打量着象，然后说："看看你，都把自己折腾成什么样子了？"

"啊，尊者，"象皱着眉头说，"可生活不就是这样吗？你付出，然后学着知足。"

"付出固然好，可美好的付出却是基于爱呀。"那"云"平静地说。

"是啊，我就是在爱呀。"象有些害羞地说，"为了爱，我都有点儿神经衰弱了。"

"可真正的爱是喜悦在行动。"那"云"温柔地说,"你有爱而后充盈,你充盈而后喜悦,你喜悦而后付出,可你,却是如此匮乏,而一个匮乏者又怎么能够去爱呢?孩子,为了达至那充盈和喜悦,你得先学会自觉、自爱呀。"

"那猪要怎么办呢?"象一边问一边摇着他那长长的鼻子。

"猪?哪里有猪?猪不过是个外在的角色罢了。你看,在他人的眼里,你或许才是那个猪哩。"那"云"说着,呵呵地笑了。

"那么,家呢?家又该怎么办呢?"象有点儿着急地问。

"家?有爱才有家。孩子,你真正的家是爱。"

终于,他心有所悟,遂欣然地点了点头。而就在他想要给那云深鞠一躬时,那"云"呢却如"云"开雾散一般,渐渐地消散了……恍惚间,他感到那"云"已化作了红霞,弥散于天际,而当他极目远望,却感到那"云"又如"魂兮归来",已潜入了自己的内心……

第二天早晨,群山苍翠,果林芬馨,整个世界都回响着一曲空灵而深婉的歌。

"象,你怎么一个人?为什么不和我们同行?"她问。

"哦,朋友,您说的象在哪儿呢?"他笑呵呵地反问。

猪与象

是啊，既然他已看穿了角色并已解构了角色，那么，除了那像果林般散发着芬馨的爱，哪里还有什么象（相）呢？

下 篇

九　木

原野，像绿色的海，树，则是种子落地激起的绿色浪花。

一天，一件神奇的事发生了。一片树叶在风中轻轻地摇着、摇着，忽然摇身一变就变成了一只翠鸟。翠鸟睁开眼，看见树枝、树叶以及镶嵌在枝叶间的蓝天，蓝绿相间，熠熠生辉，他不禁嘤嘤地赞道："世界可真美。"

此后，他便在树上生活了。白天，阳光洒下那花瓣似的光影，他一面在光影中跳舞，一面透过枝叶饶有兴味地观察着世界；夜晚，皎洁的月光洒落，他又重回枝头，静静的，就像一片树叶……就这样，他观察着，成长着，知道的事也就越来越多了。他知道天空和大地，知道你、我、他，也知道自己的名字就叫作"我"。

当然，此时的他尚不是很清楚——自己是鸟，所在的是树，而在他看来，树即鸟，鸟即树，"我"即鸟，"我"也是树。

时光缓缓地流逝，他的羽翼也日渐丰满。这天，他迎着朝霞轻轻一跃，翩然地飞出了那个树冠。

"原来，我和树是可以分开的呀。"他一面想一面兴奋地挥翅，遂越飞越高、越飞越远，而他也就自然见到了更多的新鲜事物，有新的山、新的水、新的树、新的草……是呀，大地无边无际，而新鲜的事也没有穷尽。

一天、两天、三天……一个月、两个月、三个月……渐渐地，他离开树的时间也就越来越长了，到了后来，他常常外出一整天，直到深夜才返回树上。

显然，随着他的经验渐多、阅历渐长，他只有飞得更高、更远，才能持续地见到新事物并实现他那越来越大的梦想。

入了秋，又发生了一件怪事，不知是因为日晒雨淋还是浸染了夜气，他的羽色变得越来越深、越来越暗。至秋分那天，他的绿竟完全褪去，他，就变成了一只乌鸦。

此时，他再也不像是一片树叶了，因为很明显，他比其他的树叶都要更黑、更大。是的，现在他是一只大乌鸦了，而每当他有什么特别的成绩时，他就会感到自己特别大，甚至比那棵树还要大。

当然，这也没什么好奇怪的，毕竟，思想就总以为自己即思想者，而思想者——"我"就喜欢变大。

可变大又有什么错呢？那些花鸟虫鱼、飞禽走兽又有哪一个不想着能变大？

变大，没错，错的是他竟然学了艺术，而艺术呢，却好像不是要变大，而是要成为美、创造美，可这就和之前的许多事都不大一样了。其一，这美不依赖记忆，它不像学外语，您背会一个单词就能默写出一个单词；其二，这美不依赖逻辑，它不像学数学，您知道了定理，就能顺着逻辑去解题；其三，这美不依赖归纳，它不像是学语文，您看完了一段话就能总结出段落大意……唉，这美呀，它需要您身心合一，只有从那最深的内在才能沁出那真实的绿。可这就不是乌鸦自己一只鸟的事了，它还关系到树，而要让树和自己合一，那可是件费劲的事。再说了，眼下的这棵树美吗？乌鸦也深感怀疑。

"是啊，这棵树美吗？"带着这个严肃的问题，乌鸦决定先出去看看，看看别的树再说。

第一天，他向着南飞，他飞呀飞呀，飞了很久，便看见了一棵榕树。那棵榕树郁郁苍苍、铺天盖地，一根根粗壮的枝条蜿蜒曲折，巨大的树冠就像一团墨绿的云。"啊，这可真是太雄浑、太壮丽了！"他一边赞叹一边绕着那树翻飞。一圈、两圈、三圈，当飞到第四圈的时候，不知为什么，他忽然感到一阵伤心:"唉,自己的树是无论如何也长不成这样呀。"

一滴泪遂夺眶而出,接着,那滴泪滑过脸颊,缓缓地滴落……顺着那道晶莹的泪光,他低头看向树荫,果然就见到树下有不少种子。他破涕为笑,遂收翅、降落,衔起一粒种子,向着家的方向飞去。

回到家,他在自己的树干上啄了一个口子,将那粒种子放了进去。之后,他边浇水边兴奋地想:"在不久的将来,自己的树也会变得雄浑、壮丽。"

第二天一早,一个怪念头破坏了他的心情:"到时候,待那榕树的枝长大了,人们会不会说我只是个模仿者、剽窃者、偷盗者呢?不,这样可不行。"想到这儿,他没顾上吃早饭就又匆匆地出发了。

这一次,他向着东飞,他飞呀飞呀,飞了很久,便见到了一棵凤凰木。那棵凤凰木树干挺拔、枝条舒展,枝头开满了鲜红的花,整个树冠就像一团熊熊的火。"啊,这可真是太绚丽了!这是一个多么热烈的生命呀!"他一边赞叹一边绕着那树翻飞,可才飞了一圈,那股悲伤便再一次出现了:"唉,自己的树是无论如何也长不成这样呀。"于是,他收翅、降落,啄开一个豆荚,衔起一粒种子,向着家的方向飞去。

回到家,他在自己的树干上啄了一个口子,将那粒种子放了进去。之后，他边浇水边高兴地想："在不久的将来，自己的树不仅雄浑，还会绚丽。"

第三天早晨，那个怪念头又出现了："到时候，待榕树和凤凰木的枝都长大了，人们会不会说我只是在拼凑、折中呢？不，这样可不行。"想到这儿，他没顾上洗脸，就又向着北面飞去。

他飞呀飞呀，飞了很久，便在河边见到一棵柳树。那棵柳树身姿婀娜，枝条又细又长。一阵微风拂来，长袖般的柳枝轻轻摇摆，宛似披着绿纱的少女。"啊，这可真是太优雅了！这是一个多么柔美的生命呀！"他一边赞叹，一边，嗯，就径直上去折了一条柳枝……

回到家，他在树干上啄了一个口子，将那条柳枝栽了进去，他一边浇水一边想："在不久的将来，自己的树将不仅雄浑、绚丽，还会充满柔情。"

等到了第四天，那个怪念头没有再出现了，不过此时，"我也要"却已经成了习惯，于是，他又向着西面飞去了……

第五天，是东南方向；第六天，是东北方向；第七天、第八天……他也就分别见到了水杉、银杏、枫树、槐树、梧桐等各种佳木。他不辞劳苦，将这些佳木都移植到自己的树上，并开始为每一条新枝浇水。是啊，他很忙，可既然他不

九木　　135

满足于自己的树，那么，他移植，他改变，他想变得更多、更美，这又有什么错呢？

至第二年年初，春回大地，万物复苏，那九条枝一时间都长得挺好。它们有的雄浑，有的绚丽，有的柔美……而乌鸦也自觉学有所成，应该专心创作了。于是，他天天都待在那些移来的枝上——他在榕树的枝上创作雄浑，在凤凰木的枝上创作绚丽，在柳树的枝上创作柔情，在水杉的枝上创作劲挺……与此同时，他也变得越来越自信了，因为路过的鸟都说，他学养深厚、知识渊博，技法和风格也很多样。

美中不足的是，树生了点儿小病。一开始，树只是觉得心乱，因为乌鸦一会儿待在这条枝上，一会儿待在那条枝上，让它感到无所适从。渐渐地，树干中便生出了些烦躁，而这些烦躁被再一次传给乌鸦，使乌鸦在各条枝上蹦得更加频繁……看起来，是有点儿恶性循环。

及至入了夏，阳光和雨水都很充足，那些移来的枝都争着将根深入树干，而树干处则传来了一阵阵的疼痛。终于，那些疼痛开始影响乌鸦了，使他很难再继续待在家里安心地创作。于是，他从不同角度给树拍了各种照片，有远景、中景、近景、特写、大特写，然后便带着这本厚厚的作品集出门，去做交流了……

林子很大，鸟很多，总有一些鸟对乌鸦的这棵树还是蛮感兴趣的。一次，一只麻雀说："乌鸦先生，您的这棵树看起来很有内涵，您一定下过不少功夫吧？请问，您是如何把其他的树都移植到您自己的树上去的？那一定很难吧？"还有一次，一只蜂鸟说："乌鸦先生，原来您的这棵树就是传说中的九木呀。九木，九木，还真是显得知识渊博，内容驳杂（杂＝九木）呢。"

听到赞扬，乌鸦也挺高兴，但他没高兴多久便感到树干处正传来一阵疼痛，他想："也许我可以飞得更远一些，那样的话，疼痛就跟不上我了。"然而，事情并非像他想的那么简单。白天，他还可以不顾一切地往远飞，可到了夜晚，他总得找一棵树休息吧。不幸的是，这个世界根本就没有别的树供他栖息，因为，每一棵树上都天然地栖着一只鸟，而他的那棵树也始终在那儿等待着他，呼唤着他……

立秋那天，乌鸦立在树梢，显得颇为沮丧。头一次，他开始怀疑自己了。他以手扪胸，仰天悲鸣："为什么？为什么我热烈地追求着美，却要忍受如此的痛苦？难道说，我努力，我借鉴，我模仿，这些都不是可贵的美德吗？天哪，我究竟做错了什么？"

但"天"静默无语，一只翠鸟却从天而降，恰巧就落在了他的对面。

"喂，朋友，您怎么上了我的树？"他问。

九木

"难道不是您请我来的吗?"翠鸟反问。

"请您?怎么可能?您这么小,小得就像一片树叶。"

"可我……我不就是一片树叶吗?"

这时,一阵疼痛从树干处传来。乌鸦不想再斗嘴了,他摇了摇头,有点儿不耐烦地说:"好吧,既然这样,那就请您说说看,我……我究竟做错了什么?"

翠鸟微微一笑,问道:"先生,您看,这棵树是先您而生,且非您所造,对吧?"

乌鸦点了点头。

翠鸟接着问:"那您为什么要去移植那些非它之物,而不让它简简单单地做它自己?"

"简简单单?那怎么行?没有广度,你怎么能创造充实而浑厚的美呢?"

"可您所谓的广度都是借来的呀,它们都仅仅处在记忆的层面,而没有根呀。"

"无根就不能美吗?毕竟,有那么多种的风格和流派都是基于思想的,而我也觉得它们挺美呀。"乌鸦一边说,一边就深情地环视着自己的九木。

翠鸟暂时没有再接话了,他立在那条唯一的、非移植来的枝上,静静地感受着那棵树的整体。过了一会儿,他像是从树上获得了某种生命的能量,身子越发青翠,眼睛越发明亮，他温柔地说："其实，您的每一次感动都是您自己在呼唤自己，您是思想就会呼应思想，您是觉知就会呼应觉知。而您，只是一片树叶。"

"我，只是一片树叶？"乌鸦有一点儿吃惊。

"从目前的情况看，您甚至只是一片无根的树叶，而无根则无美，要知道，树叶的美只是从根部涌出的喜悦。"

"这么说，难道我就不需要学习了吗？"乌鸦显得有点儿困惑。

"当然不是啦！不过，真正的学习是为了看到本质，摆脱模仿，毕竟，经典很多，历史很长，而创造美却需要您根植于自己。"

"可我已经生了这么多旁枝，那我现在又该怎么办呢？"乌鸦看上去是有点儿着急。

这时，一阵风起，一大片阴云正从远处飘来，翠鸟笑呵呵地说："恭喜您，先生，今晚有一场风雨，而风雨能帮您带走那些旁枝。不过，请您记住，到时候您可不要逃避呀，您只要回到那树的根部，温柔地看就行了。"

夜里果然风雨交加。乌鸦记着翠鸟的话，多年以来，头一次从树冠回到根部，哦，也就是从头脑回到内心，从思想回到觉知。他谦卑、警醒，只是静静地看着那风雨的洗礼——风越刮越大，它吹掉了枯叶，继而又吹断了那些非己的枝条，一条、两条、三条……尽管每条枝的断裂都伴着那钻心的疼痛，但他终究没有逃避，而是完完全全地信任了这大自然的运作……

次日黎明，天晴了，经过一夜的折磨，那棵树看上去疲惫不堪。不过，在它的内在，所有的非己都已被吹落，而它终于又回到了那个纯粹的生命。

此刻，太阳正冉冉升起，那棵树沐浴着晨光，沁出了一缕久违的喜悦。

那么，乌鸦呢？

哦，乌鸦已重回枝头。他的身子已变小，羽毛已变绿，不仅又重新成为翠鸟，还生出了一枚叶柄。

那么，他还会飞吗？

当然，他会飞，他将挥着那爱的羽翼，甚至比之前飞得更高、更远。不过，他不会为了模仿他人而乱飞了。您看，他正欣喜地栖于枝头，青翠得就像一片新生的树叶。

那么，美呢？他认为自己的树美吗？

哦，完美，他认为自己的树完美，否则，一只鸟，嗯，也就是那个"我"，怎么能保持静默并甘于做一片树叶呢？

渔夫和岛

蔚蓝的大海一望无际，一个渔夫天天出海。一开始，他还有几个同伴，可随着这渔网越来越大，航线越来越远，他便常常孤身一人在那茫茫的大海上劳作了。

这天，为了追捕一条大鱼，他驾船驶出很远，可到了黄昏，天阴了，那条鱼却挣脱了渔线，不见了。他立在船头，海面上一片灰蓝……恍惚间，他的面前现出一座孤岛，他想："返航？太晚了！不如上岛去过夜。"他将船靠岸，在船舱里草草地吃了晚餐。夜幕已降临，他头枕着一个黑色的旅行包，听着涛声，睡着了。

夜半，忽然起了风，他忙起身背上了包。这时，一个巨浪打来，他被掀在沙滩上了，那船呢，则被海浪给卷跑了。

"天哪，怎么会这样？"黑暗中，他一边抱怨，一边向那岛中央的山顶爬去……

次日黎明，他被一只白海鸥叫醒。他坐起来，环视着那茫茫的海，极远处，那条笔直的海平线又同时画出一个完美的圆……

他想起了父亲，父亲很早之前就给他讲过一个孤岛的故事，还说渔船和孤岛并非二物，只不过一个好动，一个好静；一个是工具，一个则本身就是目的……可惜他当时年轻气盛，似乎并没有太仔细地去听。

此时，太阳正从东方升起，整个世界都因得了光而在欢欣，当然，除了他。

过了一会儿，太阳升得高了，他站起身，开始四下走动。嗯，整个小岛呈锥形，岛中央的山顶，也就是他刚才坐着的地方似乎还隐隐地有些烟气，看来，这是一座火山。

火山口下面，山体周边开着几个形态各异的洞。其中，那个较大的洞口前有一眼汨汨的清泉，还长着庄稼、蔬菜以及各样的果树。

"谢天谢地，至少是有吃有喝。"他长长地舒了口气，继而迈开大步，向着那洞口走去。接着，他摘了一个苹果和两根香蕉，舀了一勺泉水，便在那洞口前坐下来，开始享用早餐——眼前，湛蓝的大海波光粼粼，白色的海鸥翩翩其羽。

吃过早餐，他从包里掏出一盒香烟。他把烟盒里的那十支有点儿受潮的烟都取出来，小心翼翼地摆在一块石头上。

他时而看海，时而看烟，直到它们都被晒干。接着，他把那些已晒干的烟再一支支装回烟盒，又很认真地抽出了一支。他拿出打火机，啪的一声点燃了上岛后的第一支烟。

看来，在这岛上生存并不是问题，那么，问题又是什么呢？

寂寞。是啊，寂寞是一个问题。尽管之前他出海时也是几天几夜见不到一个人影，但那时，他的心中有梦，手上有活，因此并不觉得怎么寂寞。可现在呢，无船、无网、无人，且无所事事，除了发呆，他还能做些什么呢？

日出，日落，然后是夜幕降临，满天星斗……
一天、两天、三天……天天如此。

终于，他的目光由远及近，他看见了自己，是的，他看见了自己的情绪。

一开始，他看到的是"恨"，也就是对过去种种的怨恨。是的，他有点儿恨自己——自己为什么要航行这么远？几个朋友都在近海捕鱼，不也过得挺好？他有点儿恨那个渔村——他贡献了那么多，可他们就是不给他换个好点儿的马达。他有点儿恨张三——他手把手教会了张三捕鱼，可张三呢，却一点儿都不知道感激。他有点儿恨李四——李四总问他要金枪鱼，却从不提醒他这远航的危险。他甚至还有点儿恨这个"恨"本身，因为他此时本来已经够可怜了，可为什么还要在这儿恨呢？是啊，谁不知道"恨"不好？可谁又能捉住这个"恨"并将它从心底彻底移除呢？

有时，他也会开导自己："过去的就让它过去吧，还是原谅了这一切吧。"然而，他的这种自我安抚不知为什么总是收效甚微，于是，渐渐地，他变得有点儿不耐烦了，可他越不耐烦，就越难摆脱这种怨恨的情绪。朋友，您看，此时的他显然还看不清楚呀，这个不耐烦的枝儿不正是源于那个怨恨的根吗？

……就这样，他陷在这种自我冲突中难以自拔了，他心神不宁、感觉迟钝，丝毫都没觉察到他身后的火山正随着他的思绪喷发——思绪一起一伏，喷发或强或弱。

这天上午，他正在和自己较劲，炙热的岩浆从山上流淌下来，眼看着就要流到他身旁的那棵苹果树了，他这才慌忙地转过身来："啊，这可真是太糟糕了。苍天啊，大地啊……"他一边这样喊着，一边紧盯着那个火山口。忽然，他好像是理解了什么，他拍了拍自己的前额，竟然哈哈大笑了起来。是的，上岛后，他第一次开心地笑了。

他点上一支烟，深深地吸了一口，之后，便面朝火山坐了下来，开始向内观看。

当然，向内看也并非一件舒服的事，因为，相较于那海上瑰丽的风景，一个小小的火山口又有什么好看的呢？于是，那接下来的七天便显得特别漫长，漫长得就像是有七周，甚至七个月似的。不过，向内看也自有其美妙的价值，渐渐地，他终于理解了那怨恨，也学会了如何悬置思想而只是单纯地去释放情绪。随之，那火山喷发的岩浆便日益稀少了，整个小岛也沉静了许多。与此同时，那些怨天尤人的思想都不见了踪迹，甚至他对过去的人和事还生出了一份感激。

一件事就这么过去了，现在，他又可以面朝着大海了——日出，日落，然后是夜幕降临，满天星斗。
一天、两天、三天……天天如此。

渐渐地，他的目光由远及近，他又看见了自己的另外一种情绪——"忧"，嗯，也就是对未来的种种忧虑。是的，他首先为孩子担忧。孩子那么小，谁来教育？谁来供他念书？谁来帮他择业？谁来为他付房子的首付？其次，他也为妻子和父母担忧，他们还好吗？少了他的奋斗，全家人的生活会不会变得很糟？此外，他还为那个小渔村担忧，少了他的参与，那个渔村的发展会不会失衡？

有时，他也知道担忧没用，他会甩甩头对自己说："你都这样了，还管别人？况且别人也是人，凭什么就不能自立？"然而，他的这种自我安抚不知为什么总是收效甚微，他还是长时间地陷在那种忧虑之中。于是，他又变得有点儿不耐烦了，可他越不耐烦，就越难摆脱那种忧虑的情绪。唉，他就陷在这种自我冲突中难以自拔了,以致心神不宁、感觉迟钝,丝毫都没觉察到他身后的火山口正随着他的思绪冒烟——思绪一来一往,烟尘或浓或淡。

这天下午,滚滚的浓烟倒灌下来,呛得他又是咳嗽又是流泪,他这才赶忙转过身来:"啊,这可真是太糟糕了!苍天啊,大地啊……"他一边这样喊着,一边就紧盯着那升腾的烟尘。忽然,他像是又理解了什么,再一次开心地笑了。

他点上一支烟,又面朝着那火山坐了下来,开始向内观看。一天、两天、三天……就这样,他又理解了那种忧虑的情绪,随之,火山口冒出来的烟尘日益稀少,整个小岛也日趋恬静。

恬静——恬静是一个新的起点。而就在这片恬静中,他开始从过去和未来中脱身而出并首次成为那个觉知(本身)。而这,都得感谢那个象征着智慧和慈爱的父亲呀。您看,父亲(比喻圣贤之书)的教导虽略显迷离,但毕竟为他提供了一些重要的路标,否则,他又怎么能这么快就发现了那个爱的觉知呢?

接下来,他开始体察小岛。他钻进那些洞穴,发现它们本是相通的,只是有些地方好像堵得厉害。现在,他要疏通洞穴了。可这却是件说起来容易做起来难的事,好在他现在已经爱上这个小岛,他说:"爱是认真的基础,而真正的爱既不会懈怠，也不会着急，爱，只是从每一个当下开始罢了。"

又过了一些日子，随着洞穴中的泥沙被逐渐清除，他也变得神清气爽起来。与此同时，他的生活也充实了许多，他疏通洞穴、清理泥沙、打扫小岛，并浇灌庄稼、蔬菜和果树……此外，他还时常从包里拿出纸笔，细致地记录这岛上的生活。他想，假如父亲当初能多留下一些诙谐的文字，也许一开始，他就不会那么惶恐了。

下面是他的两篇日记，记录了他的一些感想。

5月5日　晴

近些日子，我常常对着大海静思。有时，我觉得自己本来就是这小岛的主人，而这小岛也一直都在呼唤着我，只是我之前总想着打鱼，所以才没听见它的声音。有时，我觉得自己则更像那蔚蓝的海，因为，我可以清楚地看到，在我的世界里还有许多和我类似的小岛……

这样看来，我既是海也是岛，听上去还真是有点儿奇妙。

6月28日　晴

今天上午，同事老王对我说："老余，听说您近来很少出差了，气色不错呀。"我说："是呀，老王，您的气色也挺好。"说罢，我便掏出烟来请他抽（哦，那包烟还剩下七支），可他却说他戒了。之后，我便和他挥了挥手，分开了……这样看来，他并不知道我已经弃了渔船并在岛上定居了呀。

　　这样，也好。生活简单从容，万物各得其所。

　　一个周末的早晨，小岛像往常一样恬静。

　　他坐在沙发上，正欣赏着这浩渺的世界，忽然，他听到一个熟悉的声音："喂，老公，喝豆浆了。"他站起身，开动了那个神奇的小岛，从客厅向着餐厅驶去……

青　石

许多许多年之后,当最后一个人也去了火星时,动物园里的动物们都回到了森林。他们重新学习,重新摸索,显然,从被饲养状态到自然状态需要一个过程。

森林很大,草木很多,各种各样的叶子展现出成千上万种绿色。

这天黎明,正在摸索的蛇看见了一块天青色的大石,他绕着那石游走了一圈,发现那石上刻着一行红字——只要你××,你就是天才。他想:"当天才?那敢情好。也该着让我发现,这难道不是因为我人品好,积了阴德?"这时,晨光已穿透密林,恰巧就照在那行字上。蛇抬起前胸,一面把头凑上去看,一面想着等他看清楚后就把那两个字给涂了,免得被鹰看见了。可让他不悦的是那两个字太模糊了,他戴上了老花镜再看也还是难以辨认。

"这……不可能呀，其他的字都那么分明，唯独这两个字看不清楚，难道有人抢了先?"他低头想了一会儿，然后抬起头再看，再想，再看……如此反复五次。终于，他下定了决心："既然已经这样了，那就汇报给老狮子吧，说不定还能得到些奖励。"

下午2点，蛇在前面呲呲地开道，老狮子、豹子、狗熊、马、牛、猪、狐狸、兔子等一起奔赴现场。那块青石闪着天青色的光，动物们则有的唱，有的跳，还有的在高兴地拥抱。然而，等高兴劲儿一过，他们便围绕着那两个字展开了激烈的辩论，可辩论又有什么用呢？您看，既然每一个"我"都否认身边的"你"即是天才，那还有谁能知道如何才能成为天才呢？

但辩论还是挺有趣的，且热烈也需要持续，于是，一些动物便开始捂住耳朵自说自话起来，而另外的一些呢，看起来是在倾听，可心里呢却在做着同样的事情。到了下午6点，当每一个"我"都已展示完了相关的记忆细胞时，天黑了，大家也都累了。终于，老狮子摆了摆手，叹了口气，而大家也一个个都垂下了头，又一个个都融入了那幽暗的森林……

月亮已升起，青石的四周有几只萤火虫在一闪、一闪、一闪……

森林很美，动物很多，总有一些灵魂爱思索生命的意义，因此，青石事件只是看上去不了了之了，而实际上呢，那行神秘的红字却像一粒种子般落在了一些动物的脑子里，并在那里生了根、发了芽。比如这位兔子先生，他就认为那两个字一定是"博学"，当初，他还在动物园里的兔子屋时，他的饲养员就总是强调"博学"。

有了方向，剩下的事就好办了。这不，兔子先生一天到晚都在树洞里读书，他了解某个概念几千年的源流，了解某个字的第六种写法，了解十八门不同的学科，还最擅长将各种学科交叉起来以产生某种新的学问……到了后来，终于有几个动物评价了：不管怎样，能够如此博学，一定是个天才。

兔子先生有点儿骄傲，嗯，只有一点点，因为他觉得老狮子似乎对他还不太认可。一次，老狮子问："兔子先生，为什么您的知识都是书上的，观点都是别人的，智慧都是过去的，建议都是纸上的呢？您究竟有没有自己独到的感受？此外，您这样一直不停地用两个枣、两个梨、两个草莓去证明 $1+1=2$，有什么特别的意义吗？"不由自主地，兔子先生有点儿脸红，但他还是蛮有涵养的，他沉默了一会儿，然后不卑不亢地说："也……也许，博……博学本身就是一种价值。"

再来说说狐狸先生，他觉得那两个字一定是"多见"，是的，他从一开始就不赞同兔子，他说："书本知识都是二手的，把二手知识在纸张和大脑间搬来搬去有什么意思？而只有亲眼所见，你才能获得一手的知识，并提出独到的见解。"

有了方向，剩下的事就好办了。这不，狐狸先生一天到晚出去游历，他去名山大川、名胜古迹，去博物馆和名人故居，他到处拍照，有几十本相册，还撰写了几十篇游记……到了后来，终于有几个动物评价了：不管怎样，见得如此之多，一定是个天才。

狐狸先生有点儿骄傲，嗯，只有一点点，因为他觉得老狮子似乎对他还不太认可。一次，老狮子问："狐狸先生，为什么您的文章要么浮光掠影，要么繁杂琐碎，既没有深度，也没有让人回味的光和美呢？"狐狸有点儿尴尬，他正想着该如何回应，老狮子却接着问，"您这样天天在外面兜风，是不是自己的家不够温馨呀？"这下子，狐狸先生有些恼了，可他还没有反驳，那老狮子竟又雪上加霜地问道，"此时此地,您的那些经验不也只是一些记忆细胞吗？"一夜无眠，直到第二天破晓，狐狸先生才在这夜的寒气中冷静了下来，他甩了甩头，自言自语道："也许,见得多本身就是一种价值。"

再来说说豹子先生，豹子先生觉得那两个字一定是"行动"，他说："无论是兔子的'博'还是狐狸的'博'，都是记忆细胞对'攒东西'上了瘾，而一个瘾君子又怎么能成为天才呢？显然，只有行动才能激发生命的智慧，将生命的光和热都释放出来。"

有了方向,他越发坚定地改造着森林,谁阻拦他,他就和谁战斗,他和熊战斗,也和山脉与河流战斗。如今,他的那片林子已是高楼林立、街巷纵横了,欢快的马达声和喇叭声天天都回响在那密林的深处……到了后来,终于有几个动物评价了:不管怎样,能干出这么多的事,造出这么大的声响,一定是个天才。

豹子先生有点儿骄傲,嗯,只有一点点,因为他觉得老狮子似乎对他还不太认可。一次,他因高血压在家休息,老狮子来探望他时问:"豹子先生,请问您的行动中有爱、美以及那静谧的喜悦吗?而如果您没有,您是如何给咱们的森林带来这些好处的呢?"被这么一问,豹子感到一阵头晕,可老狮子不知道是不是有点儿老糊涂了,竟然又进一步追问道,"豹子先生,您所谓的行动是否只是想着让您自己变强大呢?您觉察到其中的自私和刻意了吗?"这下子,豹子是真火了,他怒目圆睁地跳下床,准备给老狮子一点颜色看看。然而,眼前的老狮子满头白发,正立在床边温柔地看着他,那深邃的眼里竟然满含着泪水。忽然,豹子先生觉得自己有点儿失礼,他后退了两步,低声地说:"我……我才不管森林呢,我的行动本身就是一种价值。"

最后,再来说说那位聪明的猪先生吧。猪先生认为,无论是刻意的"博"还是刻意的"行动",都是那个"紧张"

青石

在抓取，它不仅会造成无谓的竞争，还会扰乱森林的秩序。于是，他天天都守着自己的那一亩三分田，力争吃得香、穿得暖、睡得好、活得长……到了后来，终于有几个动物评价了：不管怎样，能够如此心宽体胖，一定是个天才。

猪先生有点儿骄傲，嗯，只有一点点，因为他自己也隐隐地感到，生命若是真的绽放了，应该会有点儿美丽和芬芳吧，可自己的生活为什么就只有琐碎和油腻呢？至于说到天才嘛，嗯，他其实不大看得起天才，他常常说："天才？天才有什么用呢？"

……

好了，不必再论及其他的先生了，反正呀，每一个头脑都有着自己的思想，有时，即便是在同一个头脑里也会轮流上演好几种不同的思想。

夏天到了——白天，太阳哈哈地笑着，而对兔子、狐狸、豹子和猪来说，夏天的确很热。

这天清晨，老狮子忽然预感到自己快要死了，他让小狮子把豹子、狗熊、牛、羊、猪、狐狸、兔子等都请来，好与大家做个告别。他半躺在花园中间的一张床榻上，深情地望着大家说："我知道各位都在很认真地学习，也都很想知道青石上的那两个字……"说到这儿，他略作停顿，大家都屏住了呼吸，而院子里则弥漫着各种花的香气。

老狮子静静地闻了一会儿花香，开口道："我记得，我被放归自然的那天，我的饲养员，嗯，也就是那个最后离开地球的人给我讲了一个故事。从前，有9个人共同划着一条船，与此同时，一盆玫瑰花在他们之间传递。船悠然地行驶着，拿到花的人可以放下桨，赏赏花，再站起来指指方向。大家不紧不慢，气氛恬静、舒缓。一天，他们仿佛是忽然间发现身边还有许多其他的船，不知不觉，他们的桨划得猛了，花也被传得快了，到了后来，那个拿到花的人便无暇再放下桨去赏花了。这天，两船相撞，一个浪打来，花落了水，而那个脱手的人想：'我若是下水去寻花，船必不会等我。'于是，他一边抱怨这无谓的竞争，一边则继续用力地划船。从此，那条船上便无人去赏花或远眺了。当然，这也没什么不好，方向可以由相邻的船提供嘛，而不必赏花，船还能划得更快……就这样，又过了若干年，那条船便划去了火星。"说完这番话，老狮子累得脸色煞白，就好像他不是说了五分钟，而是说了上万年似的。

休息了一会儿，老狮子接着说："据称，地球的寿命还有50亿年，我不知道那是多长，可当我还在动物园时，我在人们脸上看到的那种焦虑就仿佛那是50年之后的事。是啊，伟大的人类应该是提前完成了自己的使命，并提前移民到火星上去喽。"说到这儿，老狮子有些惆怅，他环视了一下大家，然后又继续说，"至于青石上的那两个字嘛，我的确也琢磨过几天，究竟什么才是变成天才的关键呢？可当我见到

青石

兔子、狐狸和豹子后，我想，是不是咱们有了更多像他们那样的天才，就意味着咱们也能越跑越快，进而跑向那火星上的动物园呢？"说完这番话，老狮子是真的精疲力竭了，他把头歪向一边，只是静静地看着床头的那盆玫瑰花，哦，那是护士梅花鹿小姐今天清晨才送来的。

院子里有只凤蝶，她在阳光下翩翩飞舞，就仿佛是一名小小的舞蹈家。她因为小，且又是一只昆虫，因此，她之前没去动物园里进修，之后也未被老狮子邀请，她呀，她是被院子里的花香引来的。

舞了一会儿，她缓缓地落在床头那盆花的花心处。她先欣然地闻了闻花，然后开口道："尊敬的狮子先生，您好。我知道您是在真正地关心着森林，可您愿意听我说上几句吗？"

老狮子微微地点了点头。

凤蝶说："首先呢，天才可不是'变成'的。您看，树青翠，花芬芳，鱼畅游，鸟飞翔，他们都是天才呀。他们行其所爱，爱其所行，那生命的内美也就自然而然地显现了。因此，问题是不是也可以倒过来问呢？为什么我们变得不是天才了？是什么阻碍了这生命的内美？是匮乏了，因孜孜以求而耗费了能量？是塞满了，因欲望太多而失去了空灵？是压抑了，因心中尚有未被治愈的伤痛？是分裂了，因老想着'变成'而无法与当下合一？"说到这儿，那凤蝶沉默了片刻，她扇了扇那蓝莹莹的翅膀，那翅膀就像两只大眼睛在一眨一眨……

老狮子静静地听着,那认真的样子就仿佛是在聆听自己的心声。于是,那凤蝶接着说:"先生,那行红字应该就是'只要你自然,你就是天才'呀,可这又有什么深奥的呢?即便从字面上去理解,天才,即天生的才,而'天'也就是'自然'呀。我想,正因为大家都执着于那个'成功'的概念,才造成了这种种的困惑,进而又导致了这种种的造作呀。"

老狮子的眼睛一眨一眨,既像是心领神会,又像是幡然醒悟,那深邃的眸子里竟然闪出了一缕喜悦的光芒。之后,他缓缓地转过头来,小狮子见状赶忙凑上前去,但老狮子却含着笑,走了。

哭声响起,声震寂静山林,可老狮子并没有留下什么遗憾呀,事实上,他已用行动讲出了真理。是啊,在他生命的最后一刻,他终于看到了那化蛹为蝶的真知,并用微笑表达了对世界的信心。而此时,一只精神之蝶正挥着那蓝色的翼,飞过树梢,飞上蓝天,融入了那浩瀚的时空……

然而,除了老狮子那不再眨动的眼睛外,谁又看见了这一幕?当然,复杂看见复杂,单纯看见单纯,天才看见天才,自然看见自然。

青石

翩　翩

那小城的人皆 60 岁退休，而这位老许才过 50 岁便找了各种理由离职了。他宅在家，一开始觉得这闲云般的生活挺好，可随着日子一天天过去，他又觉得有点儿心慌。您说，这田若是少了照料就会荒，这心又是少了什么呢，也会如此发慌？

于是，他回顾自己那忙忙碌碌的前半生，觉得应该去搞搞书法。他想："自己不笨，又肯吃苦，若是专心地练上几年，没准儿还真能大器晚成，成为一名书法家。"是的，他从小就喜欢书法，可他父亲非让他去学数理化，因此，他很努力地考了个理工大学，之后又兢兢业业地当了 28 年的工程师。其间，尽管他也买过不少字帖并利用节假日在家练字，但毕竟他得赚钱养家，这书法呀始终也未得到像样的发展，嗯，大概也就停留在他中学时期的水平。

"可水平差又有什么关系呢？关键是要有梦想和实现梦想的决心。"他这样想着，便立刻出去买了20支毛笔和50张宣纸，一回家便钻进书房，开始练字了……这一天，他练了三个小时；第二天，他练了五个小时；第三天，他就恢复了八小时工作制，结束了那令人羡慕却让自己发慌的闲暇……

看来，他还是喜欢埋头苦干呀，只不过这一次，他不是在研究机器，而是在研究书法（美）。

采菊东篱，悠然南山，唉，都怪这个小城呀，是既没有菊，又没有山。

转眼间便过去了5年，如今，大家都说老许的字写得挺好，几个邻居还请他写过春联。可令人不解的是，这老许自己却越写越不满意了，究其原因，他在日记里是这么说的：

1. 这书法呀还真是要些童子功。没有几十年的功力，这业余和专业间的鸿沟还真是难以跨越。

2. 这书法家的称号呀看来也还是得由那些书法家认可，可他们又偏偏都很强调那所谓的功力。

3. 古人云："字为心画。"可我的字为什么总像是那握紧了的拳头，没有丝毫的空灵和自在呢？

看起来，当个书法家也挺难。

这天，他妻子出门，老许一个人在家。吃过午饭，他正在客厅小憩，一只凤蝶从窗户的窄缝飞了进来。那只凤蝶在客厅里舞了一圈，然后便幽幽地折回来，静静地落在那窗边的白色纱帘上。

老许站起身，慢慢地挪到窗边。他把窗户缝开得更大一些，好让那只蝶能更容易地找到出口，随后，他歪着头仔细地看了看——嗯，是真美！那蝶的翅一收一收的，翅上那两个蓝色的斑点就仿佛是一双澄明的大眼。

他遂想起儿时在爷爷家的情景。爷爷家在农村，房前屋后总能见到各种蝴蝶，有白的、黄的、蓝的、绿的、黑的、紫的……

一次，他问爷爷："爷爷，您说毛毛虫为什么会变成蝴蝶呢？"爷爷说："因为爱美呀，要是你爱美，你也会变成蝴蝶。"他问："我爱美呀，为什么还没变成蝴蝶呢？"爷爷说："人生很长，你得坚持。"正说着，一只手掌大的凤蝶从天而降，就贴着他转起了圈来，一圈、两圈、三圈……他看得入了迷，心也随着翩翩起舞，自然也就忘了继续和爷爷对话了……

眼下，看着这白纱帘上的凤蝶，他耸了耸肩，心想："时间过得可真快呀，转眼间我也是50好几的人喽。爷爷，您说，我现在长出翅膀了吗？"

"看起来还没有。"心中，一个很小却很清晰的声音说。

"难道是我还不够坚持?"他再次扪心自问。

但这一次,心中没有回应了,却隐隐地涌起了一丝惆怅。

午后,春风和煦,阳光很亮。老许半眯着眼坐在藤椅上休息。这时,那只凤蝶却一挥翅又飞了过来。她绕着客厅舞了一会儿,便在老许的头顶上盘旋……老许睁开眼,静静地欣赏着,欣赏着——是啊,翩翩,他打心眼儿里觉得"翩翩"这个词发明得真好!不由自主地,他问:"蝶,您真是因为爱美才长出了翅膀吗?"

"什么呀,老许,"那蝶用很小却很清晰的声音说,"难道您不认为卵、毛毛虫和蛹都一样美吗?为什么您单要说蝶美呢?"

"因为蝶自由自在呀,且又经历了卵、毛毛虫、蛹等各个阶段,有着丰富而完整的人生啊。"

"可您不也是这样吗?经历了童年、少年、青年、中年,到现在不也重获了自由?"

"我可不像人家,人家都干了自己喜欢的专业,成果斐然,还能老有所用。您再看我,背都驼了,眼都花了,也没取得什么像样的成就。"

"成就?可什么才算是像样的成就呢?还有,您究竟是想要成就呢,还是想要长出翅膀?"

"这……"老许想了一会儿,但他觉得一时似乎又想不清楚,他摇了摇头,说,"咱们能不能先不谈这个?您倒是给我说说看,我的字要如何才能像您一样天真烂漫呢?"

"这我可说不好,不过,您要是乐意,我可以带您去森林里看看,看看那些爱美者都是如何化蝶的。"

"那敢情好,可我要如何才能去呢?"

"哦,这个倒是容易,您只要有点儿想象力就行了。"

于是,按着那蝶的要求,老许想象自己正慢慢地缩小,且越来越小,小得能跨上那蝶的后背。之后,那蝶一挥翅,出发了……

恍惚间,他们来到一座森林,那里时空浩渺、光影斑斓,其间,各种蝶在翻飞,有白的、黄的、蓝的、绿的……皆天真烂漫,怡然自乐。

飞了一会儿,他们落在一棵树的枝头。老许从蝶背上跳下来,那蝶用触角一指说:"喏,这就是我说的'爱美者树'啦。"

爱美者树并不是很大,却生着许许多多的枝条,每条枝上都挂着一个小小的木牌,上面写着 001、002、003、004……

老许有点儿激动,他抚了抚胸口,开始看向那 001 号枝条。他见一条毛毛虫正在那里跳舞,便问:"喂,朋友,您这是在跳什么舞呀?"

"哦,这个舞名叫《翩翩》,是我特意为了年底的舞蹈大赛而创作的。说句实话,这个舞的确是有点儿难度,尤其是在表现飘逸的那段儿。"舞蹈家一边说，一边挥舞着她那细细的胳膊。

"可是秋天就要来了，您为什么不吃树叶，先去化蝶呢？"

"忙啊，哪有空去吃树叶呀。"舞蹈家揪了揪那件紧身的绿旗袍说，"您看，从春天起我就一直在这儿苦练，连体重都减了不少呢……不过，等我在比赛中获了奖，还怕没有树叶吃吗？"说罢，舞蹈家转过头跳舞去了，看那聚精会神的样子，是不打算再理会老许了。

老许摇了摇头，开始看向那002号枝条，他见一条穿棕色长衫的毛毛虫正在那里作画，便问："喂，朋友，您在画什么呢？"

"哦，我在画《翩翩》，是特意为年底的画展而创作的。您看，这蝶舞是多么飘逸呀。"画家一边说，一边就换了一支大号的画笔。

"可是秋天就要来了，您为什么不吃树叶，先去化蝶呢？"

"忙啊，哪有空去吃树叶呀。您看，这飘逸可是很难去表现的呀……不过，等我得了奖，还怕没有树叶吃吗？"说罢，画家转过头作画去了，看那聚精会神的样子，是不打算再理会老许了。

翩翩　　163

老许摇了摇头,开始看向那003号枝条,他见一条穿浅色短衫的毛毛虫正在那里写诗,便问:"喂,朋友,您在写什么诗呢?"

"哦,我在写《翩翩》,是特意为年底的诗歌大赛而创作的。'啊,光明的羽翅,飘逸的舞姿,多么动人心弦!'不过,朋友,您应该也知道写蝶的文字很多,要想出新的确很难。"

"可是秋天就要来了,您为什么不吃树叶,先去化蝶呢?"

"忙啊,我近几个月一直都在苦思冥想……不过,现在总算快熬出头了,等我年底得了奖,还怕没有树叶吃吗?"说罢,诗人转过头创作去了,看那聚精会神的样子,是不打算再理会老许了。

老许摇了摇头,开始看向那004号枝条,他见一条穿黑夹克的毛毛虫正在那里写小说,便问:"喂,朋友,您在写什么故事呢?"

"哦,我在写一个化蝶的故事,书名就叫《翩翩》,是我特意为年底的小说大赛而创作的。您看,为了成功,毛毛虫要经历许多历练呀。他长大,蜕皮,再长大,再蜕皮……多么励志!"小说家一边说,一边仍在奋笔疾书。

"可您这是在写蜕皮,怎么能叫《翩翩》呢?且秋天就要来了,您老自己就不想去化蝶吗?"

这下子，小说家终于放下了笔，他四下里望了望，然后低声地说："朋友，您知道吗？有许多蝶都不喜欢故事，还有一些更过分，竟然质疑文字的价值，这可就触碰到我们文学的底线了，是不是？另外，若是身子还没吃饱，谁会去化蝶？相信我，朋友，大家都想着能长胖，没几个想去化蝶的。"说罢，小说家转过头创作去了，看那聚精会神的样子，是不打算再理会老许了。

这时，老许也有点儿累了，他对着那蝶深鞠了一躬，然后感慨地说："谢谢您，尊贵的蝶，谢谢您让我看到了本与末、内与外、心与物、当下与明天、自然与刻意的区别，这可真是应了那句'当局者迷，旁观者清'的古话呀，可是，呃……这里没有搞书法的吗？"

"有的，"那蝶笑嘻嘻地用触角一指，"喏，那不是吗？942号枝条。"

"942？"老许有点儿纳闷，"怎么一下子就跳到了942？"

"还不是因为他的年龄大，起步晚嘛。"

"哦……"老许应了一声，脸上就泛起了一丝红晕。

顺着那942号枝条，老许果然就看见一条毛毛虫正在那里写字，哎呀，他的背已经微驼，两鬓也已花白，而那张仿古宣纸则被他写得密密麻麻的，几无一丝的自在和空灵。

老许同情地摇了摇头，轻声地喊道："喂，朋友，秋天就要来了，快吃点儿树叶去准备化蝶吧。"

可那条毛毛虫却一边写，一边说道："我这不是在吃树叶吗？对我而言，掌握笔法、字法、章法就是在吃树叶呀。您看，我起步晚、基础薄，想要成为一名书法家，要补的课还有很多……不过，我相信，很快我就能写出有功力、有精神性的作品了，到那时，我不就化蝶了吗？"说罢，那毛毛虫又铺开了一张宣纸，开始学着蝶舞的样子挥动起那手中的毛笔。

老许静静地看着、看着……终于，他还是忍不住问道："您老这是想要表现哪些精神呢？"

"哦，那就多了，"那毛毛虫耸了耸肩说，"像空灵、恬静、从容、飘逸、自由自在、天真烂漫等等。"

"可一条毛毛虫怎么能写出一只蝶的特征呢？"老许的话有点儿直。

可那条毛毛虫并没有生气，他放下笔，既像是在自言自语又像是在反问老许似的说："朋友，其实我也常常思考这个问题，不过，我若是不在书法里吃树叶，又要在什么地方吃树叶呢？"

"呃……"这下子，老许是终于被问住了。

"是啊，究竟什么才是这生命本身的树叶呢？"他这样想着，便忽觉有点儿心慌，他赶忙转过身想去问问那只凤蝶，可不知什么时候，那只凤蝶已经飞走了，只剩那白色的纱帘在微风中轻轻地摇着……

下午6点，他妻子回家了，她发现老许不仅没有练字，还做好了晚餐，她问："哟，老许，你怎么不练字啦？你不是想当书法家吗？"

他在餐桌边坐下来，慢悠悠地说："当书法家？哦，那可是要别人去认可的，可别人也许连自己都没有搞明白，又怎么能知道我是不是书法家呢？"

他妻子撇了撇嘴，说："老许，你这是吃不到葡萄说葡萄酸吧？毕竟，人家这书法可是有着几千年的历史，那笔法、字法、章法啥的总该有些客观的标准吧？"

"也许吧，"他拿起筷子，笑呵呵地说，"可就算你想去搞什么书法，你也得先明白活法吧。"

从那一天起，老许终于结束了那种孜孜以求的书法生活，每天，他吃饭、睡觉、散步、喝茶，当然，他也会买菜、做饭、打扫屋子，是的，他不会再想着那儿时的梦和所谓的成名成家了，更不会为了获得他人的认可而贪外虚内、忘己逐物。至于书法嘛，兴致来了，他偶尔也会写上几行字，但若是没什么兴致，他甚至几个星期也不会动一下毛笔……

原来，那"菊"和"山"都是在自己的心里呀。而对那只精神之蝶来说，世界很大，大得就像一张四维的宣纸。

第 三 层

小镇环山，四面皆郁郁青青。

小镇上，李木匠有技术，有梦想，虽年逾50却仍兢兢业业，一天到晚都在木工房里奋斗。每当有人问"您贵姓"，他总是答曰"木子，木子"，就如古代的皇帝被称为天子，读书的人被称为学子一样，这时间长了，一些好事者遂依了他的心，称他为"小镇鲁班"了。

阳春三月，绿柳含烟。一个周五的上午，李木匠正在操作电锯，忽然，一团蓝色的火穿透了木工房的天窗，恰巧就落在他的身上。他叫了一声，仰面昏倒，天窗上坠下一块玻璃，而那台电锯则仍在嗡嗡作响……八位徒弟飞奔过来，他们先将师傅抬到一张八角桌上，然后又每人抬起桌子的一角，神情凝重地走出了工坊。他们走过一条街，又走过一条巷，将师傅送回了家。

师母迎上来问："哟，这是怎么了？"

大徒弟的腿有点儿瘸，他顿了顿自己的铁拐杖说："师傅像是被割掉了手指，不过还好啦，右手的拇指、食指和中指都在，应该不影响吃饭。"接着，八徒弟小曹凑上来说："师母，快到中午了，要是您没别的事，我们几个就抬着桌子先回去了。"

师母说："好呀，好呀，你们几个慢走，可别碰坏了人家客户订的这张桌子。"说罢，师母便把徒弟们送出了门。一阵微风拂来，巷子里的柳都闪着那种好看的新绿。

当晚9点，李木匠从昏迷中醒来，他半躺在床上，觉得自己已经死了。可自己明明还能看，能想，能呼吸，那究竟是什么死了呢？这时，他听到有两位邻居在他家窗下交谈，一个说："哼，连工具都用不好，还敢自称大师？"另一个说："哈，就是嘛，如今连手指也没了，看他还怎么当他的大师。"一个说："哼，看来这人哪，还是得低调一点儿。"另一个说："哈，谁说不是呢？可事到如今，再低调又有什么用呢？"

……

李木匠静静地听着、听着，忽然，他感到手好像不痛了，而是——心痛。他赶忙用剩下的那三根手指去捂胸口，刹那间，天空中便传来了轰隆隆的雷声："伟大的音乐家耳聋了，

第三层

伟大的画家眼瞎了，伟大的木匠手残了，天哪，你是多么不公！"之后，窗外，哦，对了，还有他的心便同时下起了大雨……

好在天不绝人，再大的雨也会停息。

周六早晨，雨停了。天空中，有几朵白云正变幻着形状，为他塑造着一个又一个身残志坚的英雄。是啊，英雄的形象是多么伟岸呀，而他也就果真受到了鼓舞。他揉了揉眼，翻身下床，一面费劲地穿着衣服，一面暗想："只要意志坚强，三根手指也能成为伟大的木匠。"

8点整，他来到工坊。工坊里安安静静、空无一人。他花了约10分钟才换上工作服，之后便开始操作工具了。嗯，他想看看自己是否还能继续熟练地使用斧子、锯子、刨子、凿子、打磨机、砂带机、方榫机等等。中午他没有回家，吃了份外卖便继续试那些工具，他试呀试呀，一直忙到深夜……

第二天，天有些阴冷，可他依然热情不减，重复了一遍周六的生活——他去木工房，试工具，吃外卖，继续试工具，一直忙到深夜。终于，他感到有些胃痛，他放下工具，长叹了一声："唉……为什么？为什么我偏偏是个左撇子呢？"

周一早晨，李木匠特意换了一件粉红色的衬衣，一进工坊，见徒弟们都已排成了一行，他点了点头，一脸平静地说："各位，这点儿意外嘛的确会对我们有些影响，但有志者，事竟成，还望各位相信为师带徒弟的能力，能留下来——继续学艺。"

沉默，人人都很擅长沉默。

这样沉默了一会儿，大徒弟率先抬起头来："师傅，我相信您，不过，听说您受伤了，咱们的七个客户都在上周五下午退了订单，还有，我家刚好有点儿急事，我爹叫我今晚就赶回家，并提前结束在您这儿的学艺，所以……"这时，二徒弟抬起头来："师傅，我也相信您，不过……"之后，是三徒弟抬起头来……再后，是四、五、六、七、八徒弟抬起头来。

李木匠不大甘心，他清了清嗓子，打算宣讲自己身残志坚的决心，但很快他就发现徒弟们的态度都已很坚决了，有几个还老是去瞥那个电锯。终于，他忍无可忍了，他激动地说："别人不理解也就算了，连你们也怀疑师傅，告诉你们，不是电锯，是一个霹雳。"

沉默，这一次是种更深沉的沉默，就连平时温柔体贴的女徒弟小何也都报以沉默。

看起来，李木匠是不得不放弃了。他缓缓地举起了双手，感慨地说："好吧，你们这八位大仙，那就祝你们一帆风顺、事业有成吧。"

徒弟们立正、敬礼，齐声高喊："师徒情深，终有一别。师傅，您可要多保重呀。"

在接下来的一段日子里，水晶似的春雨时下，时停。李木匠每天都要换一件色彩鲜艳的衬衫，粉橙色的、粉黄色的、粉绿色的……然后独自去工坊上班。

工坊里静悄悄的，阳光从天窗漫射下来，给整个空间都罩上一层淡淡的光晕。他呆呆地坐着，反复地温习着那部叫《李家木作》的电影，当然，这部电影别人是看不见的，因为银幕是他的脑子，而导演和主角都是他自己。

4月底，家里所有色彩鲜艳的衬衫——赤橙黄绿青蓝紫，都被他穿过四遍了，旱季来临，天上的彩虹也随之消失。

5月1日，他回家了，那间木工房也被退给了房东。是啊，那里空间太大，租金太高，他显然已难以承受。之后，他便很少出门了。是的，他不想去见朋友，朋友们都是同行，他们只会聊木作，而他一聊木作就会心烦；他也不想去见邻居，邻居们总看他的手，让他不自在。尤其是那两个常在他家窗下唠嗑的壮汉，一个总是说："哼，残了，那就乐天呗。"另一个马上就会应和道："哈，废了，那就知命呗。"

"可乐天知命，说得倒是轻巧，想我李木匠自18岁学艺以来，一直都胸怀大志，而这30年积累的智慧又怎能怀而不发，都烂在肚子里呢？"他这样想着，便越发觉得天旱。他不停地喝水，却仍然觉得口渴。

穷则变，变则通。

6月15日上午，他忽然来了灵感，他想："谁说我非得当个木匠呢？人若是有了高度，干什么不行？可我干什么好呢？嗯，既然我天天都坐在家里，坐——家，坐——家，我可以去当个作家嘛，而三根指头也刚好可以执笔⋯⋯可我，写些什么好呢？"就这样，他边喝水边翻来覆去地想着木匠、作家，作家、木匠⋯⋯至黄昏，他终于找到了方向，是的，他打算先写一本叫《木作1516》的书，毕竟，他干了30年的木作，自以为还是有点儿真知灼见的。

果然，第二天便下了一场大雨，世界变得润泽，大树和小草一时间也都焕发了生机。

李木匠也仿佛喝足了水，他满怀激情，开始伏案工作——第一章，木材；第二章，工具；第三章，大木；第四章，小木；第五章，家具；第六章，雕艺；第七章，漆艺；第八章，由技入法；第九章，由法入道。看来，他肚子里还真是有点儿货，这下笔呀，是既果断又流畅。

很快，三个月便过去了。

秋分那天，傍晚，李木匠正在撰写第九章"由法入道"，忽然，他又听到那两个邻居在他家窗下交谈：

第三层　　173

"哼,听说他正在写一本关于木作的书,还说想通过这本书来影响木作界。"

"哈,志大才疏的人不论干什么都会过高地估计自己。"

"哼,他也不想想,这年头,木匠们既要忙着赚钱,又要忙着得奖,除了各种版本的《鲁班传》,他们哪还会去读别的书?更不会去看一个失败者的观点了。"

"哈,就是嘛,难道说他是想写得科普性强一点儿,给非木匠们看?"

"哼,非木匠们也都有自己的专业,还不是要忙着出名、赚钱?就算是有个别没什么专业的读者,这木作活既不玄幻又无脑洞,谁会喜欢看呢?"

……

李木匠静静地听着,听着,可他的两只脚却不由自主地挪到了窗边。接着,他猛地推开窗,愤愤地说:"你们俩可真是烦人,就好像只有你们才了解社会似的,难道我……我就不知道这本《木作1516》根本就不会有读者?"

听他这么一说,两位邻居都不吱声了。他们呆呆地望着他,呼哧呼哧地喘着粗气,一个呼着黄气,一个呼着白气……就这样,竟然和他对峙了半个小时。后来,他们见他是真生气了,这才扭过头,晃晃悠悠地走了……

看着他俩远去的背影,李木匠深深地叹了口气,他关上窗,把那一大沓初稿狠狠地一卷,都丢进了一个标着"污染纸张"的垃圾桶里。夜深了,他终于结束了一场思想斗争,哦,也就是理解了自己头脑中的那些哼呀哈呀的思想。他熄了灯,睡觉去了。

第二天,李木匠又恢复了那种边喝水边在"热锅"上散步的习惯。吃过午饭,天有点儿热,他独自在书房里小憩,忽想起巷子尽头的街心公园里好像有一家私人图书馆。他想,去那儿看看吧,说不定在那儿能找到文学之路的起点。

出了家门,他很快就看见了那栋三层的小楼:攒尖顶,看上去颇像一个传统的粮仓。他推门进去,快速地环视了一下室内。室内空间并不大,大体上由三个同心圆所组成——外圈是12个3.3米宽的书架,每个书架之间皆设有一扇玻璃门,透过那些玻璃门,隐隐约约有12条放射状的小径通向远方;内圈是一个环形的服务台,似乎有一个管理员正在那里打盹;内圈和外圈之间有一部弧形的楼梯,那部楼梯的踏步和栏板都用高透的玻璃制成,晶莹剔透、玲珑、轻盈,就仿佛是飘浮在空中……

他顺时针转了一圈,见这层的书大致上可分为三类:第一类是教材,从小学的直到大学的,好像都积满了灰尘;第二类是木作方面的书,书脊上编着号——1、2、3、4、5……直到1515,杂七杂八、事无巨细;第三类是各种版本的《鲁班传》,如《新鲁班传》《鲁班外传》《鲁班别传》《鲁班小

第三层　　175

传》《小鲁班传》《鲁小班传》等等。

"原来,这镇上也有人和我一样深爱着鲁班呀。"他这样想着,便不知不觉地踏上了那部楼梯,楼梯晶莹透明,他像腾云驾雾一般"飘"到了二层。

二层的布局与一层相似,只是门换成了窗,装修也略显雅致。

他同样顺时针转了一圈,见这层的书大致上也可分为三类:一是艺术类,包括书法、绘画、雕塑、摄影等的作品集以及各种相关的美学理论书;二是历史类,有古代的、近现代的、国内的、国外的等等;三是哲学、伦理学方面的书,如《某某书》《某某经》《某某子》……他又转了一圈,希望能发现些纯文学方面的书,可是很遗憾,他找了半天,却只在一个书架的下面三格看到了几本小说、散文和诗集。

"怎么这里的文学书这么少?难道说,他的文学书都放在第三层?"他这样想着,便带着些许好奇又踏上了那部楼梯,向着第三层"飘"去……

然而,第三层空荡荡的,既没有书也没有书架,甚至还没有装修,却透着一种罕见的静谧与空灵。他想:"这第三层是干什么用的呢?为什么这个无用的空间竟会如此温馨、如此恬静呢?"这时,他听到楼下有人在叫他,于是,他掉转头,沿着那部楼梯又"飘"回了一层,原来,是那个管理员醒了。

"先生,您是在找文学之路吧?"管理员目不转睛地盯着他问,"其实,您自己也知道这里没什么文学类的书,现在您总算是确信了吧?请问,您还需要什么其他的帮助吗?"

"不,现在不用了,不过,我明天应该还会再来。"他耸耸肩,又抱歉地笑了笑,转身走出了书房,哦,不,是走出了那个圆形的私人图书馆。

晚餐时,他感到有些食欲不振,便放下筷子问:"孩子他妈,你说我是写小说好呢,还是写散文或是诗歌?"

他妻子说:"这个嘛,你可以去问问二舅,二舅出过书,而且文笔又好。"

"可那已是很久之前的事儿了呀。"

"久是久了点儿,可人家的书不是到现在还很畅销嘛。"

"也是。"他点了点头,遂又拾起了筷子。

第二天清晨,天格外晴朗,李木匠起床后先洗了个澡,然后便穿了一件干净素雅的衣服出发了。

他二舅住在镇子南郊的山脚下,自己有个院子,院子里有一棵很大的漆树。

9点整,他到了。他先看了一眼院门上方那块写着"庄宅"的匾额,遂轻手轻脚地走进了院门。二舅正在院子的一角打太极拳,显得精神矍铄、气定神闲。他立在一边静静地看，待二舅打完了，收了势，他这才凑上前恭敬地说："二舅，我来看您了。"

二舅抬眼看了他一眼，说："你小子，不是一心想着去当什么'鲁班'吗？怎么想到来看我了？"

他弯着腰，有点儿难为情地说："前不久，我掉了七根手指，这'鲁班'看来是当不成了，因此，我想改行，去搞文学。"

二舅一边朝院子中间的那棵大树走去，一边说："搞文学？也好。那你想采用什么体裁呢？"

"我觉得小说好，有情节，有环境，有人物，还能融入自己的观念。"他跟在二舅的身后说。

"可时下的小说都越来越厚呀，这写起来、读起来都很辛苦。"

"还好吧，有人写就有人读，总有些人闲着没事的。再说了，字数多也显得思想深厚嘛。"

"是吗？"二舅瞥了瞥他的手，说，"一百斤铁与一克纯金，你要哪个？你呀，年龄也不小了，还是干点儿利人利己的事儿吧。"

此时，太阳已升得高了，阳光明媚，树影婆娑。他随二舅走到树下，欠了欠身，说："既然这样，那我就写诗吧。诗的语言简练，既不必有博杂的文史基础，也不太依赖手指，看起来还是挺适合我的。"

二舅摇了摇头,说:"诗重空灵,你空了吗?诗如花香,你开了吗?你天天都宅在那混凝土围成的'小方盒子'里,论景没有山水,论境没有空明,你说,你哪来的诗意呢?"

"那我就写散文?散文的形式随意,且字数可多可少,也能很好地掩饰我词汇量的贫乏。"

二舅再次摇了摇头,说:"可如今这新闻都很精彩,这'鸡汤'也很全面,相比起来,你一个木匠的经历又是何其平淡呀。再说了,你写了干什么用?批评社会?可社会已经很完美了。教育别人?可别人都比你聪明。描写美景?可美景是用来看的。介绍美食?可美食是用来吃的。叙述生活?可生活是用来过的。并且,你生活一遍再'反刍'一遍,对你自己有什么好处?对你自己没好处却想着能对别人好,嗯,你再想想这个逻辑。"

听完二舅的这番话,李木匠是彻底无语了,他张大了嘴巴,愣在那儿发起了呆。二舅却哈哈大笑起来,他拍了拍李木匠的肩,大声地说:"凡事尚简,文以载道,像你这样的无道之人去搞什么文学?好啦,说到这个道呀,你还是去看看你大伯吧,看看他有什么指教。"

从二舅家回来,李木匠很憋气,可他觉得这气似乎又无处可发,毕竟,人家二舅说得也都很在理。于是,他又洗了一个澡,另换了一件干净素雅的衣服,出发了。

他大伯住在镇子西郊的山脚下，也有一个院子，过着极其淳朴的生活。

下午3点，他到了。他先望了一眼院门上方那块写着"李宅"的匾额，又低头看了看那条已有2600年历史的石门槛，遂蹑手蹑脚地走进了院门。保姆迎上前来："小李子，你来了，好久都没见了呢。"他说："是啊，前一阵子比较忙，所以……哦，对了，我大伯的身体还好吧？"保姆笑着说："好着呢，好着呢，咱们谁也活不过他。喏，他正在屋里坐着呢。"

他推开房门，见大伯穿一件宽松的褐色上衣，正坐在沙发上撸猫。他凑上前，恭恭敬敬地说："大伯，我来看您了。"

"小李子，你怎么想到来看我了？是不是又遇到挫折了？"大伯微微一笑，问道。

"是呀，大伯，上半年我断了手指，想改行从事文学，可今天上午我去咨询二舅，却被泼了冷水，所以，我只好来麻烦您老人家了。"

"哦，是这样啊。"大伯轻轻地点了点头，"可我不是已经给了你爹一本我写的家训了吗？怎么，他没有传给你？"

"给了，给了，我18岁那年我爹就复印了一本给我，可是孩儿愚钝，虽时常阅读，却总是不甚理解。您看，您说了81条，可这践行起来又要以哪一条为首呢？"

"孩子,"大伯温柔地说,"我已经说得很清楚了呀,我说,我有三条原则,排在首位的就是慈嘛,而这个慈也被一些人称作仁,也就是你们现在常说的爱啦。"

"爱?可这也太简单了吧,我爱名、爱利、爱木作、爱美食……这些不都是出自爱吗?大伯,您看,这世间有谁不是爱这爱那的呢?"

这时,那只猫抬头看了一眼李木匠,继而又喵呜喵呜地叫了两声,就好像是嫌他的声音有点儿大,音调有点儿尖,语速有点儿快似的,搞得李木匠还真有点儿不大好意思起来。于是,大伯伸出手,轻轻地摸了摸那猫的脑门,然后才又转过头来说:"虽然所有的爱都是出自真爱,但其纯度和品质毕竟不同,真爱明如春光,柔似春水,它可不是那些掺进了太多杂质的欲望呀。孩子,回家吧,别老去想什么文学啦,也别老是这样疯跑了。"

他沉默了一会儿,低声地说:"大伯,我自5月初就回家了,且天天都宅在家里。"

大伯看着他,看了很久很久,然后平静地说:"孩子,看来你是真的有点儿木了。你看,你现在虽然身在你家的书房,可你,也就是这个自以为是的'我',不正在那个私人图书馆,哦,也就是你的脑子的二层吗?孩子,回家吧。要知道,你真正的家是爱。"

第三层

终于，他心有所悟地点了点头，遂缓缓地合上了那本古书……恍惚间，他又踏上了那部晶莹的楼梯，再次来到那个第三层的空间——那里静谧、温馨，既没有人也没有书，甚至也没有文字和思想。所有的故事都结束了，而一楼的那个管理员，哦，也就是头脑中的那个自以为掌控着记忆的"小我"，也被新的主人解雇了。现在，是不会有人再在楼下叫他了，因为，那个新的主人正是他自己。

屋顶像花瓣似的绽开，蔚蓝的天空澄澈、空明，那个觉知在圆心处坐定，用爱，那无言的爱，翻开了自己……

那城——理先生

多年以来,理先生一直梦想着成为一名伟大的建筑师,创造出感人至深的场所。但世事难料,在他48岁那年,出于某种连他自己也理不清的原因,那个伟大的梦忽破灭了。

炎炎夏日,他在家避暑,可问题是不仅天热,他的心中也燃着一团火。是啊,他自18岁学建筑学以来,一直都在为这团火添薪加柴,这烧了30年的火也不可能就这么轻易地被熄灭。

唉,挺烦……

吃过午饭,他在书房看手机,一面又寻思着到哪儿去散一散心。忽然,一则广告在手机屏幕上闪烁起来——东郊古城,非常神奇,欢迎您的光临。

"东郊古城?我怎么不知道?难道说我之前真的有那么忙,忙得连自家门前的景点都不知道?"他摇了摇头,从书桌旁站起身来，手持一册写满了小楷的竹简，哦，不，是一把像竹简般的折扇，出发了。

远远地望去，那座古城并不大，且大部分都掩映在那雾霭般的绿柳中，只是在古城上部隐隐约约有一座宫殿。待走近了，只见那城墙皆以镂空的花砖砌筑，细密、通风、连绵、柔顺。走进城门，城中街巷纵横，鳞次栉比，居民们一个个都紧张而严肃，似乎都不愿搭理他这位陌生的游客。

"这样也好。我刚好也得个清静。"他轻摇折扇，开始在那些街巷中漫步……

走了一会儿，他累了，午后的热风也的确是让人困乏。这时，他听到有个声音像在喊他："喂，朋友，您是位游客吧？您要是乐意，可以来我这儿小坐。"顺着声音，他抬头望去，只见一个黑衣人正站在一座高台上向他招手——天空亮得刺眼，黑衣人身后则正是那座宫殿。

"好呀，好呀。"他一面朝上挥手，一面就踏上了那宽大而耸直的台阶……

进入殿门，主客落座，理正惊叹于这殿的营建之妙，那黑衣人开口道："先生，您贵姓？"

理微微欠身："免贵姓理，左边一个王，右边一个里。"

黑衣人也微微欠了欠身："先生，您是怎么知道我们这座古城的？要知道，我们这城可是好久都没有外人来了。"

"哦，我家就在东郊，以前我准是太忙了，所以才不知道你们这座古城。今天中午，我偶然见到一则广告，便赶紧动身来了。对了，阁下，您是这城里的……？"

"我？哦，您就将我看成是这城的管家吧。"

"管家？住在这最高也最豪华的殿里？您一定是在谦虚。依我看哪，您就是这城的主人，不然您说，主人是谁？他又在哪儿呢？"

真正的问题总是会带来沉默。

沉默了一会儿，管家皱着眉头说："唉，多少年了，也没人说得清这城的主人是谁，他既不露面也不言语，似乎总藏在某个神秘的地方。如今呀，不光是您，就是这城里的居民呀也开始怀疑到底有没有主人喽。"说到这儿，管家停顿了片刻，他抬头看了看理，然后才又接着说，"不过，总有些人说主人就在这城中，因为，他们有时会深感喜悦，就好像是陪在主人的身边一样。"

"原——来——如——此。"理缓缓地应着，听起来就像是在自言自语。

殿门敞着，一阵阵热风从城中心吹来。

理摇了一会儿折扇，开口道："既然主人长期不在，那

那城——理先生　185

您就是这城里的头儿了,而作为头儿,您一定是位德才兼备、志向远大的人物。"

"德才兼备不敢说,但我的确相当努力,也总想着能多攒些物质和精神的财富,以至有一天,我们的城也能成为一座伟大的城。这不,时间长了,多数居民还是认可我的,也愿意按我说的去做。"

"这个嘛,我刚才已经看到了。"

这时,一只半透明的白鸽从东边的窗飞了进来,它嘴里衔着封信,轻飘飘地落在那管家的肩上。

管家熟练地拆信,读信,又写了几句回复。接着,他将信装回信封,又递给了白鸽。

白鸽衔起信,歪着头看了一眼理,扑棱一下飞了起来。之后,它迅捷地穿过那个东边的窗,飞走了⋯⋯

理只是坐着,他静静地看,也静静地听⋯⋯于是,那管家干咳了一声,开口道:"不好意思,让您久等了。刚才,是一封战报。"

"战报?"理好奇地问,"都什么年代了,您还在与别的城开战?"

"这有什么好奇怪的?"管家瞥了一眼理,说,"您看,为了能多占些资源,这城与城有的成为朋友,有的相互开战,这不是很正常吗?况且,适度竞争也能更好地团结居民,让大家保持斗志而不至于浑浑噩噩嘛。"

"可您就不能用爱来团结居民,并用爱去解决这城与城的矛盾吗?这样,居民们也能过上恬静的生活,也不至于这么紧张、严肃嘛。"

"恬静?听上去是挺好的,可是人生很短,为了能实现那些伟大的梦想,我可是每天都在忙着奋斗。"

"有这么忙?"理摇了摇头,但他很快又以一种颇为理解的口吻说,"当然啦,您既是管家又是将军,既要物质财富又要精神财富,而这么多事都由您一个人负责,也的确是不大容易。"

"就是嘛,"管家扬了扬眉毛,说,"而且,你还得挤出时间来学习,不然,你知道什么叫伟大?又要如何才能变得伟大呢?"

看着管家那副神情,理想:"这个黑衣人怎么这么面熟呢?他是——难道他是从前的自……"想到这儿,他有点儿羞愧,就禁不住长叹了一声。

这时,那只白鸽从正门又飞了进来。管家再次取信,读信,简单地回复。白鸽衔起信,又歪着头看了一眼理,飞走了……

理只是坐着,他静静地看,也静静地听……于是,那管家有点儿尴尬地说:"哦,刚才嘛是一封私信。"

"私信？我看是封情书吧？"理用一种略带调侃的语气说。

管家遂有些脸红，他清了清嗓子说："先生，您可真是位明眼人哪。既然这样，我也就和您直说了。我的确是有一个相好的，不过，我和她也就只是通信，这么多年，我们也没见过一面。"说到这儿，管家偷眼看了看理，见理仍在那儿静静地听着，便又补充了一句，"哦，据说，她就住在这城的中心。"

一阵热风吹来，理摇了一会儿折扇，说道："有这样的事？我不信。"

"真的，不骗您的，关于我俩的这事，其实全城的人都知道。"

"那他们就不说闲话？"

"说，怎么不说？"管家向后仰了仰脖子道，"他们有的说她是我的知音，而我的思想能引起她的共鸣；有的说她是主人的侍女，她的职责就是把我的思想传递给主人；还有的说她是主人的妻子，因为主人长期不在，她有些焦虑；当然，也有的说得比较难听，说她是我的情人。"

这时，那只白鸽第三次飞了进来，管家取信、读信，但这一次，他没有再回信了，脸上却泛起了一丝痛苦的神情。于是，那只白鸽兀自飞起，之后便从那个正门又飞走了……

"嗯,还是她。"管家低声地说。

"这么说,她一定是很重要也很特别的了,您能再给我讲讲她吗?"理好奇地问。

"好吧,如果您感兴趣的话。首先,她挺多愁善感的,以前,我的故事总是能激起她的情绪。有趣的是,她的情绪会迅速地传遍全城,使我的思想获得更大的效力。其次,她的喜怒哀乐也会反过来影响我,诱发并搅动我的思考。嗯,从这点看,她还真的很像这城的女主人,对不对?"说完这番话,管家缓缓地垂下了头,就好像是忽然陷入了某种无法解决的忧虑之中。

太阳已经西沉,阳光穿透西窗照进来很深很深。顺着那光,理转头望去,见这殿的后墙有一排长长的书架,书架上摆满了建筑学的书籍。

"原来这位管家也喜欢建筑学呀,难怪这么面熟。"理这样想着,胸口便有些发紧。而就在这时,那些金光闪烁的书却忽地燃烧起来,理一惊,本想立刻上前去救火,可还没等他做出反应,那些书却倏地一下全都化成了灰烬……

东郊古城,果然神奇,在别的地方您怎么能见到这种神奇?

是啊,有爱就有神奇,或者说,爱就是那神奇本身。于是,在爱的注视下,真正的接纳发生了——"建筑学"已成为历史，而那个想成为伟大建筑师的梦也随之远去，与此同时，从城中心吹来一阵清新、凉爽的风，大殿里显出一片空明。

理转过头来，感慨地说："看起来，像您这样的聪明人也会有烦恼呀。"

"是呀，"管家喃喃地说，"炎炎夏日，本来就已经很热了，而我又恰逢怀才不遇，可她呢，不仅不理解我，还总是传来火气，严重地影响了我和城中居民的生活。如今，大家都盼着我能安抚她，可我已给她讲了各种道理，她还是常常发火。今天上午，她竟然拒绝再听我讲故事了，而我越是想控制局面，她就越是不理睬我，还和我闹翻了脸。"

"有这么严重？"理缓缓地放下那把竹简般的折扇，悠悠地说，"看来，这城中还真是得有一位慈爱的主人呀！而你，哦，对了，也就是这个自以为是管家的'小我'，也不一定就能理解自己和那个多愁善感的情绪。"

"是啊，其实我近来一直挺烦，有时，我的大脑一片空白，竟然开始怀疑起自己的身份了。今天中午，我生平第一次祈祷——啊，仁慈的主人呀，您在哪里？请您快回家吧。"说到这儿，管家哽咽起来，他抬头望了一眼理，然后竟像一个孩子似的哭了起来……

时间不早了，窗外，晚霞已染红了天空，而大殿里则越发显得静谧。

理凝视着管家，心中忽涌起了一种无言的爱，当然，真正的"理"，也即"里面的王"，本来就是这无言的爱本身。于是，他伸出双臂，温柔地去拥抱那个曾自以为是管家的"小我"，而那个"小我"，则像一块黑色的冰，开始在这爱的怀抱中消融……

理想："既然管家已认识到了自己的虚无，且已学会了谦卑，那么，这城的主人又在哪儿呢？他为什么还不早点儿回家呢？"

此时，夜幕已降临，他洒然地走出那殿，哦，也就是那个大脑，啪的一声打开了书房的顶灯。

那城——管家的日记

话说去年夏天，那管家因梦想破灭而烦恼……

咦？请等一下，梦想破灭的不是理先生吗？难道说，那管家和理是如影随形，亦分亦合？

也是，也不是。不过，朋友，您能不能别这样打断我？您看寓言就不能重寓意而轻故事吗？

哦，对不起，既然这样，请您继续。

去年夏，那管家因烦恼而祈祷，祈祷化为广告，理先生遂入古城。主客见面，促膝谈心。之后，管家遂认识到自己的局限，也认识到理即是这城的主人。于是，他学着谦卑并恳请理早日回城。可息交绝游需要时间，随着飞扬之气日消，沉潜之意日浓，理这才渐觉气定神闲，决定于这一年的年初入城。

以下，是管家这一年的部分日记。

2月1日

今天上午，主人说他将于明天入城，全城的人都很高兴，而"她"也似乎娴静了许多。

感谢主人，我真幸福！

下午，我和主人商议入城的仪式，他笑着说："什么仪式？一切从简。"

这半年来，主人讲话越发简洁，配上他那和蔼的笑容，总是让人感到体贴。他还鼓励我也要学着恬静，他说，只要是我在说，他就得听，而他不能边听我说边去体味那更大的整体。我问："您说的整体是指全城吗？"他说："整体有时大，有时小，但不论大小，体味整体都需要身心合一。"我说："可我有时得同时面对好几个问题呀。"他反问："在同一个时刻，'一'怎么能在不同的方向上运动？"我又问："那该怎么办呢？"他笑着说："将时间聚焦于当下，觉知就能够合一，而这个'一'也就是那个主要、主意、主旨、主动……的'主'啦。"

显然，我尚不能完全理解他说的话，但我现在已经很相信他了，也相信，那个"一"就是我们这城存在的精义。

2月2日

今天上午，主人正式入城，入城仪式非常简单，没有惊动一个居民。

那城——管家的日记

待进了殿，我说："主人，既然您已经入城，就该您住在这殿里。"他说："殿还是你住，我自有更好的住处。"我问："那您要住在哪儿呢？"他说："从时间上讲是当下，从空间上讲是重心。"我不是很明白，便问："当下还好理解，那重心又是什么意思呢？您总得有个固定的住所吧。"他说："觉知之河是变动不居的，它时宽时窄，时浅时深，而那个重心自然也就难以固定了。"我于是再问："那您不就是居无定所了吗？"他笑了笑，没有再接话了。他微垂眼帘，就仿佛是正在潜入那个"重心"。

下午，我在殿里静思。我发现我之前喜欢的那些艺术家似乎都有这样一位温润的主人，难道说他们的主人都是亲戚，抑或就是同一位？我不知道，但我感觉是的。

2月6日

今天上午，主人巡视全城，他既认真又从容，就发现了不少问题：有的地方旱了，有的地方涝了；有的地方热了，有的地方寒了；有的地方交通不畅，有的地方管道堵塞……我有点儿难为情地说："奇怪呀，我之前也是兢兢业业，怎么就没发现有这么多的问题？"主人微微一笑，说："你之前不是自恃有才，且天天都在忙着让别人认可吗？"唉，主人的语气虽然温和，却使我相当羞愧，有那么一刻，我真恨不得自己能缩小、再缩小，直至消失……

下午，直到现在，哦，现在已是22点28分了，我一直都在想着该如何去补救。主人啊，请您原谅我吧，尽管我之前的确是有忘己逐物的毛病，可快速和高效总还是我的一个优点吧。

2月7日

今天早晨，我一见主人便急着问："主人，既然我们已发现了问题，那我现在就去请木匠、泥瓦匠、管道工、清洁工等等，您看如何？"主人却摇了摇头说："别——着——急，要学会坦然地接纳，耐心地觉察。"我问："若只是接纳和觉察，难道不会拖延疾病吗？"主人凝视着我，缓缓地说："着急也是一种病，若是以病治病，岂非添乱？"

下午，我在殿里反思，我发现自己果然是有急躁的毛病，而这城中也有不少问题都是因这急躁而形成的。唉，可我要如何才能改掉这个急躁的毛病呢？嗯，别——着——急，也许，我现在就可以试着像主人说的那样，先坦然地接纳，再耐心地觉察。

2月15日

这两天，尽管迎春花已绽放，但春寒料峭，一些离我这里较远的居民仍然在抱怨脚冷。

上午，我提议说："主人，您看是否该给他们增加些采暖的设施？"主人摇了摇头说："问题并不在于采暖。"我问："那问题是……？"他凝视着我，平静地说："问题是——你耗能太多了。你看,你又是写文章又是搞艺术,一天到晚就知道用脑。假如你能节制思虑,再适当增加些全身的运动,那么,这城中的气血就会自然流通起来,而那部分居民脚冷的问题也就自然能得到解决了。"

主人啊,我知道您是对的,可我就是对动脑上瘾,您让我节制思虑并放弃那"聪明人"的称号,这可是很难做到的呀。

此刻,夜已经深了,窗外万籁俱寂,月光皎洁。主人啊,请您赐给我那知足(脚)的智慧吧。

3月8日

近几日,柳树已发出嫩芽,到处都闪烁着那种可爱的新绿。

上午,主人终于和我谈论"她"了。先是我问:"主人,您和她究竟是什么关系呢?"主人说:"她既非我的妻子,也非我的侍女,我和她其实并没有什么特别的关系。"我问:"那她为什么会影响我乃至全城呢?"主人说:"也许,那只是一个生理的习惯罢了。"我接着问:"那我该如何待她呢?"主人说:"你要学着当下清明,既不要用过去和未来去影响她,也不要受她影响而陷在过去和未来之中。"我再问:"可她那么多愁善感,她情绪波动时我又该怎么办呢?"主人沉默了片刻,笑着说:"还能怎么办?放松、宽容,给她自由释放的时空。"

下午,我在殿里静思,我想,假如我真能做到当下清明并免受"她"的影响,我一定会变得更加聪明,而这城也会变得更加恬静……哦,对了,我又想起来了,主人说不要养成如果这如果那的习惯,是啊,我为什么就不能远离这种种假设,当下就试着清明起来呢?

4月1日

今天上午8点,白鸽衔着信飞来,原来,是有座城飘过来挑衅,称我们的城没有他们的伟大啦,我们的管家没有他们的聪明啦,等等。一开始,我没当回事,就让白鸽先回去了,可才过了10分钟,白鸽就飞回来说对方又骂人了。我很生气,正准备走出大殿动员全城去战斗,可就在这时,主人却不知从哪儿又冒了出来。

我赶忙上前汇报说:"主人,有座小城竟敢蔑视我们,让我去给他们点儿颜色看看。"可主人却说:"蔑视会对我们的城造成什么损失吗?还是说它刺痛了你的虚荣?难道说,你到现在还觉得伟大和聪明比爱还重要?"我说:"我知道爱重要,但我见不得有人这样无理。"主人说:"可战斗会带来愤怒和恐惧,街巷会紧缩,管道会堵塞,而'她'呢也会再一次情绪失衡。"我说:"据我所知,对方很弱小,教训他们一下应该是很轻松的。"没想到,主人听完我的话后竟然哈哈大笑起来,他笑了好一会儿,乃至全城都传遍了他的笑声。之后,他故意做出一副害怕的样子说:"看来,是真不能得

那城——管家的日记

罪一位伟大而聪明的管家呀。"他这么一说,我顿生惭愧,但我还是又低声地嘀咕了一句:"那该怎么办呢?难道就这样消极地对待吗?"这时,主人伸出他那宽厚的大手抚着我的肩说:"你呀,先学着无染吧,然后,请试着去表达理解和善意。"

按着主人的教导,我尝试着表达了善意,很快,一件奇妙的事儿发生了——那座城像是忽然之间觉知到了自己的无理,他们道了歉,随即便迅速地撤离了。

5月6日

今天上午,我们的城要赶在8点前飘到另外一个地方去工作。当然,每座城都得工作,而我的问题是,因为时过境迁,我已经不大喜欢原来的那份工作了。

路上,我低声地抱怨:"主人,为什么我们不换个工作呢?"主人说:"可至少今天你还得去,是不是?"我默默地点了点头。他接着说:"既然这样,那你为什么不能欣然地接受呢?就好像今天的这份工作也是天赐的。"我说:"可这份工作已很难再激发我的创造性了呀。"他看了我一眼,说:"你呀,还是先学会恬静吧,真正的创造皆源自恬静。"我再问:"那我要如何接受一个我不喜欢的环境呢?又要如何才能学会恬静呢?"他笑了笑,指着街边的一棵香樟树说:"请体会一下这棵树吧,他虽然也身处喧嚣,可他会像你一样抱怨个不停吗?"

到了岗,我试着像那棵树一样临在当下,并让全城的居民都以一种顺遂的方式运作。很快,一件有趣的事发生了,仿佛是在忽然之间,此时此地变得完美起来,而我们的城也散发出一种静谧的喜悦。

感谢主人,感谢世界,哦,对了,还要感谢那棵街边的香樟树。

6月28日

今天上午,我们的城正要远航,可有一座城却靠过来说,既然两座城已结成了联盟,那我们就该待在原地并和他们绑在一起生活。我有些不悦,正想着是否该解除合约,主人恰巧走进殿来。

我赶忙上前汇报说:"绑在一起是历史造成的,可现在却已影响了我们的自由,您看,咱们是否该解除合约呢?"主人问:"你看对方愿意吗?"我说:"好像不愿意,他们好像还挺需要我们的。"主人又问:"那我们是否非得走?"我说:"走,我们应该会更成功,毕竟,咱们在这儿是有点儿怀才不遇呀。"听我这么一说,主人缓缓地点了点头。我本以为这次他总算是同意了我的建议,可才过了一会儿,他就又摇着头说:"怀才者常常不遇,可'爱'又怎么会不遇呢?"他的声音很低,低得就像是在自言自语,于是,我也就没有再搭话了。

下午,我们在花园里散步。看着草地上的兰花三五成群地聚在一起,主人忽然大笑起来。我疑惑地转过头,他悠悠地说:"你看,那些花虽然看起来是在相互依赖,可实际上呢,她们都伸展着自己的叶,绽放着自己的花,每一棵都活在那份怡然自乐中哩。"于是,我驻足观看,忽觉我们的城亦如兰花般自在。

8月20日

今天上午,我们正在图书馆里散步,白鸽兴冲冲地飞过来说,眼兄弟发现了一座很棒的城,那座城充满了爱,自内而外都散发着一种纯净而喜悦的光。我赶忙写了封信让白鸽带去,信中说:"啊,尊贵的大城,请允许我们和您在一起吧,认真地学习您的箴言和智慧。我们将聆听,默念,心慕手追,这样,在不久的将来,我们也会和您一样光明……"可白鸽却很快折了回来,而回信则短得离谱,嗯,只有12个字——有欲身心为二,外寻失汝自主。

下午,我在殿里闷坐,主人笑呵呵地走了进来,我赶忙上前汇报了此事并询问他那两句话的含义,可他却抚着我的肩说:"好啦,你这个顽皮的浪子,现在回家吧。"

回家?什么意思?我不是一直都待在殿里吗?而这殿不就是我的家吗?我这样想着,便和他一起静静地喝茶,可喝着喝着,就有个深层的问题浮现在这大殿的上空——主人是谁?我是谁?为什么我和他总是这么不一样呢?

10月20日

经过两个月的静思，我终于认识到一些事情：主人，从本质上讲就是这生命整体性的觉知，嗯，也就是"一"。这觉知明如春光，柔似春水，也正因此，这觉知也可被称为智慧或慈爱。

而"我"，这个一度自以为是管家的思想者，其实也就是这头脑（也即文中所谓的大殿）中的思想本身。由于思想总是基于名相、记忆、假设和逻辑，因此也常常陷在对过去和未来的想象当中。此外，由于思想耽于比较且常感匮乏，因此又会身不由己地向外攫取。

至于"她"嘛，她即是情绪。情绪既对思想做出反应，也会反过来影响思想。当然，和思想一样，情绪也有她自己的习气，一个习惯了紧张的情绪会不自觉地制造出相应的思想，好让她得偿所愿，继续她的惯性。

认识到这些，我深感幸福，也非常感激自己的主人。是呀，这都是因为主人自入城以来一直都持一种既关爱又允许的态度，使我（思想）和她（情绪）都能够在这爱的时空中自由地展开，从而看清了自身的真相。今天，我已下定了决心，我要将这全部身心都投入那爱（主人）的怀抱，并只在那爱需要我的时候我才会像一个仆人那样显现。为此，我将暂停这写日记的习惯，因为，既然我已认清了自己的局限，又怎么会总是沉浸在这思维中而远离那个无言的爱呢？